UM RIO PRESO NAS MÃOS

crônicas

VOZES DA ÁFRICA

ANA PAULA TAVARES

UM RIO PRESO NAS MÃOS

crônicas

kapulana

São Paulo
2019

Copyright © 2019 Editora Kapulana Ltda. – Brasil
Copyright © 2019 Ana Paula Tavares

A editora optou por adaptar o texto para a grafia da língua portuguesa de expressão brasileira conforme o Acordo Ortográfico da Língua Portuguesa, decreto n° 6.583, de 29 de setembro de 2008.

Direção editorial:	Rosana M. Weg
Projeto gráfico:	Daniela Miwa Taira
Capa:	Mariana Fujisawa

Dados Internacionais de Catalogação na Publicação (CIP)
(Câmara Brasileira do Livro, SP, Brasil)

Tavares, Ana Paula
　　Um rio preso nas mãos: crônicas/ Ana Paula Tavares. -- São Paulo: Kapulana publicações, 2019. -- (Série vozes da África)

ISBN 978-85-68846-70-4

　　1. Crônicas angolanas (Português) I. Título. II. Série.

19-26656　　　　　　　　　　　　　　　　CDD-A869.3

Índices para catálogo sistemático:
1. Crônicas: Literatura angolana em português　　A869.3

Cibele Maria Dias - Bibliotecária - CRB-8/9427

2019

Reprodução proibida (Lei 9.610/98)
Todos os direitos desta edição reservados à Editora Kapulana Ltda.
Rua Henrique Schaumann, 414, 3° andar, CEP 05413-010, São Paulo, SP, Brasil
editora@kapulana.com.br – www.kapulana.com.br

Avisos à navegação
Carmen Lucia Tindó Secco 07

ANANAPALAVRA

Carta a Francisco 13

Estórias de Ananapalavra 15

Estranhas aparições de Ananapalavra 18

Josefa de Óbidos 21

A carta secreta de Ananapalavra ou a morte dos poetas 23

Nova carta de Ananapalavra 25

INICIAÇÃO

Nós, o dicionário e a professora Dina 29

A casa de meu pai: a África na filosofia e na cultura 31

"A Lebre e o Camaleão" (Conto cokwe – versão abreviada) 33

Aprender a falar a língua de Angola 35

MULHERES

A manta 41

As mães 42

Mães da Nigéria 44

E por que é que elas não podem brincar? 45

Desafiar o silêncio 47

A vizinha do lado 50

Aurora, nossa tia 52

CULPA

A culpa	57
A casa do Bungo	59
A cor das vozes	62
A maldição do Kalahari	65
Os das Nuvens	66
Ana de Amsterdã	68
As duas faces de Rwej an Kond	70
As formigas	72
As minhas pedras	74
As nossas muitas mortes	76
Cadernos de deve e haver	78
Cor crua em tinta pura	79
Dentes de lobo	81
Errâncias	83
Famílias	85
Umidade	89
Jacarandá blues	90
Jovens	92
A crise	94
M como Mádia	96
Máscara	98

GLOSSÁRIO 101

VIDA E OBRA DA AUTORA 103

Avisos à navegação

Carmen Lucia Tindó Secco

Os saberes de uma época são formados por teias de representações sociais e culturais, incluindo os discursos literários. São essas malhas de conhecimentos e memórias que a escrita de Ana Paula Tavares revisita e tece com lucidez e poesia. Suas crônicas são curtas, densas e profundamente políticas. A escritora – também exímia poeta – maneja as palavras com labor e arte, construindo sentidos que transformam seu discurso em viagem por dentro do tempo e da linguagem. Viagem que se converte em autoconhecimento, em regresso à própria casa, à terra natal, ao âmago de si e do poético. Ler Ana Paula é penetrar nos labirintos da história, repensando perdas, dores, tradições. É mergulhar no íntimo dos vocábulos que brilham com olhos de sabedoria e prazer.

As crônicas de *Um rio preso nas mãos*, de Ana Paula Tavares, questionam aspectos do presente angolano, ao mesmo tempo que reinventam tradições silenciadas de povos de Angola. Em sua escrita, sangram palavras, medos, silêncios, o livro do tempo em seus deveres e haveres. Desse modo, as pontas de vários contextos históricos vão-se enlaçando. Na crônica "As Mães", por exemplo, a voz enunciadora, em diálogo intertextual com o poema do angolano Viriato da Cruz usado como epígrafe, lembra os sofrimentos das mães de ontem e de hoje em Angola.

A autora escava camadas de letras para encontrar uma "nova carta", reveladora de outras lembranças e estórias. Fantasmas assombram a escrita, fazendo aflorarem do passado tradições esquecidas. Há a recordação de um tempo sem fronteiras, que excitava intercâmbios entre os povos, bem como a interpenetração de línguas e linguagens. Tudo isso, porém, ficou no outrora, na argila e na água com que se moldavam o barro e a vida. Hoje, "ao lado da fronteira alinhou-se a palavra ameaça (...). Cercaram o paraíso de muros altos e arame".

Na crônica "O Livro do Deve e do Haver", é elaborada, de modo crítico, uma contabilidade da história do colonialismo português, das dívidas cobradas à terra angolana. Aqui, é lançado um olhar questionador e defendida a urgente construção de uma solidariedade orgânica, capaz de romper com a contabilidade dos lucros que só beneficiava os algozes de uma terra que desejava hastear sua independência. Das contas, dos diários, a voz enunciadora passa aos poemas que prepararam e alimentaram a luta revolucionária. Bons tempos esses que não deveriam ser esquecidos! Contudo, mudanças ocorreram e a utopia da liberdade foi maculada por políticas e economias neocoloniais.

É melancólico esse balanço crítico, após tantos anos de guerras e sangue derramado! Esgarçam-se não apenas as economias e as sociedades africanas, mas, principalmente, as identidades. A contrapelo dessa história de estagnação, implosão e declínio econômico-cultural, as crônicas de Um rio preso nas mãos, muitas das quais originalmente publicadas, em 2014 e 2015, no *Rede Angola*[1], focalizam, em sua maioria, diversas tradições angolanas esquecidas, como, por exemplo, a das mulheres que vestiam panos, cumpriam rituais, cozinhavam com óleo de palma, bordavam colares de miçangas e modelavam o barro vermelho, ao mesmo tempo que recordavam os lemas revolucionários, quando eram ainda jovens e esperançosas da edificação de uma Angola livre e solidária. O diálogo com a liberdade, com a terra, com a comunhão entre os homens é rememorado, manifestando saudade dessa época.

---

[1] **Rede Angola**: Portal *online* de jornalismo independente, cujos objetivos eram a informação, o entretenimento, a divulgação não só da cultura e do pensamento angolano, mas também de acontecimentos sociais, políticos, econômicos, culturais do mundo. Idealizado em 2012 por Sérgio Guerra, Lara Longle, Saymon Natscimento, o *Rede Angola* foi gerido por esse trio, mas teve curta existência, sendo fechado no final de maio de 2017. Diversos artistas, músicos, poetas, escritores – Aline Frazão, José Eduardo Agualusa, Ana Paula Tavares, Ivone Ralha etc. – participaram desse portal, publicando, na seção "Cultura", crônicas, ilustrações, etc.
Disponível em: <http://www.redeangola.info/palavras-deserto/> Acesso em: 05/03/2019.

Na crônica "Desafiar o Silêncio", a cronista aborda a função social das mulheres no mundo atual e cobra das independências dos países africanos a urgência de "remover moléstias antigas, abrir escolas". Defende que são as mulheres – tanto as dos espaços rurais, como as das cidades atuais – as conhecedoras da diversidade de seus papéis na família, no trabalho, no cotidiano das relações de vizinhança e na sociedade.

Ana Paula repensa o desempenho das mulheres em algumas tradições angolanas; acaba por refletir, também, metapoeticamente, sobre a função da palavra e da arte. Num corpóreo silêncio, sua escrita urde, crítica e poeticamente, sua trama com consciência e mel; estilhaça medos; "fala" pelo outro que toca a vida, muitas vezes, sem ter a real percepção dela. Medos, os mais variados, se repetem no mundo contemporâneo, em obras de poetas e romancistas. Por isso, é mister, cada vez mais, trabalhar a palavra, envolvê-la em tecidos finos, misturá-la a sons rústicos e estrepitosos, a vozes profundas que mergulhem no mistério das almas, como se estivessem sobre aveludados divãs de psicanalistas, magos ou visionários.

Na crônica "Umidade", a voz poética enunciadora é a grande tecelã: a aranha do deserto a tecer a teia da vida, do tempo e da linguagem. Esse fluir, entretanto, se encontra preso como o rio nas mãos gretadas e em sangue da mulher antiga. Mãos que, todavia, também guardam a gota preciosa do cacimbo, orvalho de esperança: água da palavra, poesia.

Em "O Medo", a voz narradora, ao final, adverte: "Não tenho soluções, só pedidos: ajudem a parar esta dor de cacimbo, deixem passar as vozes para podermos ver claro no meio das sombras e partilhar agasalho neste cacimbo de frio". Medo, cacimbo, sombras – recorrentes marcas metafóricas de uma escrita que persegue a luz para não se perder na névoa social e política que embaça a liberdade. Nas entrelinhas, fica uma probabilidade de que ainda seja tempo de escrever sonhos e cultivar desejos.

As crônicas de Ana Paula Tavares desenham paisagens e pessoas. "A Cor das Vozes" faz homenagem a Ivone Ralha, senhora das mãos de seda, da escrita das pedras, da areia, do amor. Há narrativas, como "A Voz da Avó" ou "As Formigas", que recriam provérbios nyanecas. Há outras que demonstram que a ideia de liberdade não se afigura de forma igual para todos. Há, ainda, as que relembram o fogo sagrado, a panela grande, a madeira que arde, o cheiro de flor, a máscara de Mwana Puó, a voz firme da avó a contar estórias encantadas. Tudo isso está presente na arqueologia da vida das crônicas de Ana Paula, cuja escrita vai acendendo, no avesso das palavras, pequenos lumes que funcionam como "avisos à navegação", como alertas contra a violência e a ganância que destroem os sonhos.

Rio de Janeiro, 05 de março de 2019.

Carmen Lucia Tindó Secco
Profa. Titular de Literaturas Africanas da
Universidade Federal do Rio de Janeiro - UFRJ
Pesquisadora do CNPq (Conselho Nacional de Desenvolvimento Científico e Tecnológico)
e da FAPERJ (Fundação de Amparo à Pesquisa do Estado do Rio de Janeiro)

ANANAPALAVRA

Carta a Francisco

"Eu acredito que a tribo Herero deve ser exterminada."

Lothar Von Throta

"Eu também, como Elias, viajo para o céu num carro de bois."

Kukuri, Chefe Herero

Pai

É longe e violento o deserto, mas dizem-me os mais velhos que tu vens de onde tudo se vê e sabes dizer a raiz das coisas. O ar do deserto é espesso e o sol azul tão intenso, mas é preciso saber esperar as flores que podem demorar anos e depois explodir à gota mínima de água trazida pelo vento. Sabes, pai, falamos do mais antigo deserto do mundo, onde as sombras são iguais às mais altas dunas de todos os tempos. Falo-te de um santuário selvagem povoado de rosas e esqueletos, onde toda a gente espera para ver as rosas e esquecer os esqueletos. A natureza e suas areias movem-se num modo quieto e tranquilo, mas certo e visível a olho nu, obedecendo às ordens da terra e da lua. Por ali e mais além se moveram os homens com seus corpos e suas duas almas (uma para viver e outra para morrer) e o seu nome gritado ao mundo e seus paus de fazer o fogo e que salvam das hienas os velhos. Olha, pai, este é o povo inofensivo, o que existiu antes dos "animais sem cascos" e de nós. Não é possível dizer-te da estima que unia pais e filhos nessas famílias antigas porque isso me obrigaria a falar de paz e esta é, desculpa meu pai, uma carta de guerra e fúria nova e estranha para que possas perceber as coisas que te escondem. Dizem-me, pai, que és bom e atento e que sem romperes com o passado e a tradição andas à procura de todas as verdades, as que existem para lá das autoridades dos príncipes e das palavras dos homens. Talvez por isso me ocorre dizer-te de uma humanidade que os jornais, os livros e as pessoas esquecem mas que existe com a sua vida e os seus anjos (maus e bons) e que é preciso resgatar e aprender e aceitar a sua condição divina e igual a todos os homens e mulheres que habitam este mundo em todas as latitudes. Dizem-me os mais-velhos que a tua voz é maior que o vento, é uma voz do infinito e consegue articular as coisas mais difíceis de dizer para que perdure eco dos ecos nas montanhas e nos desertos.

Por isso, pai comecei a minha carta com o deserto onde a vida começou há muito tempo e onde, hoje, as pessoas passeiam por cima das almas dos que estão por nomear. Digo-te ainda, pai, que há muitos muitos anos gente do norte dividiu o sul do mundo aos bocadinhos e orientou os rios, apanhou o sal e acompanhou os quilômetros de raízes das árvores petrificadas que rompiam o chão. Não se importaram com os donos das terras e do gado nem com "os princípios cristãos e humanitários". Tropas imperiais, anjos da morte e da desgraça saíram de Berlim para condenar ao deserto e à água envenenada todos os Herero e os Nama, as suas mulheres e as crianças, para conseguir tomar todas as terras, os rios e as flores raras do deserto. Pai, diz (em ti há quem acredite) que muitos milhares de soldados, como os lobos do norte, invadiram a terra dos homens quietos, os donos do gado e das estrelas. Fala-lhes dos chefes como Nama Khoob (o que desaparecia no capim como o fogo para voltar a resistir no dia seguinte), nomeia a batalha de Waterberg, soletra Shark Island e associa campo de concentração e morte lenta pela fome e a corda.

Por favor, pai, não esqueças que entre 1904 e 1908 o deserto moveu-se muito mais rapidamente e que muitas das suas dunas são o silêncio da morte sem nome de um tempo alargado de fome, saudade e pancada, e tapam o mundo sem saída dos que com olhos rasos da sede resistiram, caminharam para fazer parte do chão da humanidade.

Obrigada
Ananapalavra

Estórias de Ananapalavra

Anamaria Grande tinha chegado órfã a nossa casa e às mãos da madrinha. Parecia um bicho e o Amboal foi encarregue de lhe dar um banho com creolina na selha grande dentro da estufa pequena, lugar das violetas e das begônias, varrida pelo frio por todos os lados. Os longos cabelos revelaram-se macios e muitos claros depois de desinfetados com sheltox e lavados com sabão de seda, o único luxo que a curta vida de Anamaria lhe deu. Nunca teve direito à casa de banho das pessoas da casa e dormia no chão do quarto das meninas.

Nehepo, filha da miséria, nascida depois da morte do pai, dizia Ananapalavra, culpada da morte de Sihepo, o que não vingou, estava sentada *in situla* montando as águas da voz convocando os fantasmas. Tomava conta dos pintos por causa dos milhafres, espantava os pássaros por causa da horta, tomava conta das crianças por causa das crianças.

Anamaria Grande parecia muda, para que constasse, exceto quando se encontrava sozinha a tomar banho na selha da estufa pequena. Então soltava os cantos e as falas com aquela voz de fazer arrepios: *miser miser modo niger...* De resto, todo o dia ostentava o silêncio como uma acusação, um insuportável silêncio por dentro da nossa barulheira. Anamaria Grande e o relógio da sala estragado e o carro de corda desfeito e todos os furos nas caras das bonecas. Isso e ser capaz de ir atrás do cheiro da verdade que distinguia da mentira sorvendo o ar à volta e expirando em pequenos haustos como se soprasse a própria vida. Durante os dias da casa grande, antes de se transformar em nenúfar e morrer verde de flores a abrir-lhe o peito, Anamaria andou às voltas a separar verdades e mentiras. Dizia muito depressa antes que os bolos de canela da madrinha lhe confundissem paladares e lhe obstruíssem o faro agudo. Anamaria Grande não conhecia as palavras que absorvia dos outros como uma esponja e dizia "a linguagem estética da manada à solta", "os gritos éticos dos grupos da solidão às seis da tarde", "o rumor das velhas pousadas sobre as varandas", tudo isto dito na hora do banho na selha pequena longe de nós antes que fosse tarde.

Foi ela quem primeiro notou o estrangeiro que apareceu sem que estivesse previsto pelo cheiro, e deu conta que uma coisa nova ia começar quando o estrangeiro grande e de barbas desaguou nas nossas vidas. Chegou quando Anamaria Grande enrolava sonhos nas mortalhas do padrinho e os fumava com os dedos compridos enquanto lentas mulheres multiplicavam a tarde em renda, dobradas sobre a vida a cuspir veneno sobre outras mulheres. Alheia a tudo, Anamaria fumava sonhos intermináveis com um meio sorriso por entre os lábios grandes.

Gostava de acácias, esta é a minha árvore, tem penas e faz luz uma vez por ano, disse na hora da selha. Também o estrangeiro parecia reconhecer na acácia uma árvore da linhagem e trazia os pés nus dentro de sandálias de couro muito gastas pelas viagens. Chegou e não disse nada. Instalou-se manso no meio das nossas vidas segurando com força a mão de Anamaria Grande. Comia plantas silvestres que apanhava no mato pequeno junto da horta da madrinha. De nós aceitava, por vezes, o mel e algumas frutas e um doce aos domingos. Em troca prestava-nos pequenos serviços, assumindo diante da madrinha a culpa por todos os acidentes domésticos. Porque tinha a doença das viagens, não possuía nada que o pudesse ligar a uma terra a não ser um desenho em forma de tartaruga que repetia insistentemente. Anamaria Grande lavava os pés do estrangeiro com água de flor de laranjeira e preparava bolos de erva-doce no forno grande.

As noites eram ali antiquíssimas de jarros e luas geladas. Assim eram os cacimbos, diferentes das noites de calor e geleia com cheiro forte de mirangolo. O céu engordava de estrelas enquanto nós, encolhidos na mutala da noite, tentávamos encontrar a via láctea. À meia-noite, a hora das bruxas, Anamaria Grande estava sentada no arco da lua com seus cabelos compridos brilhantes de poeira de estrelas, finalmente a via láctea, Nossa senhora e a noite a derreter-se em calda de sonhos. Nós dormíamos em sono preso em cima da laranjeira maldita. Espinhos, cascas, laranjas amargas. A madrinha chegou antes dos cães. O trinca-espinhas cheirou os miúdos, mas os chinelos de seda da madrinha (seus luxos eram noturnos) passaram debaixo da árvore como se movidos por uma vontade própria. Quando começamos a gritar era já tarde e a chibata de marmeleiro permaneceu quieta nas mãos da madrinha. Pedimos a deus e a santa Filomena para a madrinha nos bater com força. A madrinha ficava tão contente quando batia – mulata ordinária enxertada em corno de cabra. Mas santa Filomena talvez já não fosse mais santa porque a madrinha nem deu conta que estávamos fora da cama, passou por nós de chinelos de seda, sem nos ver, e agarrou Anamaria Grande pelos cabelos para a estufa gelada.

    Não sei o que aconteceu ao estrangeiro. Nunca mais o vimos. O saco de couro e as sandálias ficaram pendurados junto da mulemba e a sua catana adiada estava espetada no ramo mais alto.

Estranhas aparições de Ananapalavra

A vida na aldeia podia ser simples se as transições e as passagens de estado não tivessem um lado brusco e doloroso de sobressalto à medida que crescíamos e a tristeza de ser se ia instalando e que o pão nosso de cada dia se ia tornando mais difícil e a compreensão do mundo e das coisas arrastava um lado obscuro e estranho para lá do canto dos pássaros e do leite azedo. Ananapalavra estava atenta e falava com voz clara e doce para que o espaço habitado fosse mais familiar e não doesse tanto a entrada no universo.

 A tarde enrolava-se de cheiros enquanto eu me preparava para a noite que se atardava numa contabilidade de horas difíceis de contar para quem já tinha nas pernas os chocalhos de sair, colocados sobre uma pele depilada a pedra-pomes e brilhante de água e sabão, setenta e sete pulseiras a prolongar as pernas. Encolhida nas escadas esperava a noite para me fazer de bruxa espalhar meus gritos, reencontrar os sons escondidos na alma presos à luz do dia. Eu era tanta tristeza durante o dia que a noite mesmo a da impossibilidade do sono me parecia água boa, gelada e benta em dia de calor. O veneno a percorrer todas as veias e eu à espera com um copo na mão deitada no piano. Bebi e não morri.

 A navalha de barba, padrinho, e o cheiro bom do sabão na bacia de esmalte. Uma toalha no braço e o suave roçagar da lâmina no couro. Um ruído de música a navalha a deslizar com vigor sobre a tua face, um pequeno golpe e o sangue estancado com pedra-ume. Depois aquele sangue todo a ensopar-me o vestido e a alma para sempre jorrando da garganta impossível de parar. Agora sou terra das arrancadas raízes dos sangues que não percebo árvore de veneno flor de mutiati pendurada na esquina de todas as sedes oferta fácil a preço duro.

Ali estavas tão quieto padrinho e pela primeira vez o teu rosto me pareceu tão meigo que fui capaz de te amar e todos e o choro e o olhar acusador da madrinha e eu sem uma única lágrima quieta por dentro aos pulos a cantar parabéns a você... E a madrinha a preparar o vestido preto e a chamar a mãe é preciso pentear o diabo e a mãe a soluçar cortada por dentro bocado de mim e o pente a enterrar-se devagarinho pelas costas descendo os caracóis amaciados com óleo de amêndoas doces e perfume e a magoar-me a alma mais do que a carne, não choro, não choro parabéns a você nesta data querida.

Ficar horas diante do espelho, meu nome Alice é tarde é tarde, e as tranças também as pulseiras deviam estar ali sete em cada perna, quem mas tirou seu nome é gato, quem, com mãos de ferro, me afastou dos rapazes, os favoritos das brincadeiras entre a lua e a terra, seu nome é cão. Diante do espelho, e eu vejo arder as pulseiras e Alice e tudo junto... "a moça de negro... tinha lentas cicatrizes"... Enterrei meu apito, a inscrição e a alma dentro de um trapo de linho debaixo da laranjeira, mesmo antes de aprender a chamar os ratos e a afastar as pragas dos campos de milho.

Odete, da casa de correção onde queimou todo o corpo, tinha trazido o vício do fogo. Procurava sonâmbula pela imensa casa de pedra o sítio do fogão de onde retirava brasas com as mãos e espalhava pela casa toda deixando a arder o casaco de caraculo da madrinha e as malas de porão mandadas fazer por medida para os segredos de dois continentes e uma história que metia alguém do Brasil uma mulata de olhos verdes e alma fria chamada Esmeralda de saias compridas e xailes e o cheiro de canela e perfume Tabu. Desapareceu depois do nascimento Odete ainda no berço e de olhos muito verdes quase pretos sempre abertos numa cara de velha. Mais tarde deixava-se pendurar na cerca de arame farpado de onde se arrancava para lamber as feridas "sangue de cristo, cocó de cabrito tu comes e eu grito"...

Odete parecia acesa nos olhos verdes e amarelos, verdes de manhã cedo e amarelos ao fim da tarde, para além de pegar o fogo com as mãos (dizia sou incombustível, incomburente, inodora e feita às cores) gostava de nos ensinar a vida contra a vontade de Ananapalavra a quem chamava com desprezo "Ana de Amsterdã". Com as mesmas mãos de pegar o fogo e já queimada tocava-nos o corpo deixando fogueiras que nem o banho frio conseguia acalmar. Era então que o sol se punha nas nossas vontades orientando-nos para sítios que não sabíamos se queríamos conhecer.

Uma fotografia a preto e branco pendurada na parede desde sempre gente mergulhada num rio a perfumar cabelos em rolos de ferrugem uma mulher de luz no meio das nuvens seios nus brancos muito brancos obscenos como tetas de animal ligado à máquina. Tão diferentes das tetas de alimentar crianças escorrendo leite muito branco por entre as veias inchadas na pele negra, capazes de fazer crescer a terra inchadas como sacos cada ano todo o ano e caídas cintura abaixo. Nossa brincadeira favorita era colocar a fotografia de pernas para o ar e ficar à espera dos gritos da madrinha. Além disso a madrinha tinha esqueletos no armário. Pelo menos era assim que percebíamos quando o senhor Antunes ameaçava contar toda a verdade, com esqueleto e tudo, escondida no armário. Experimentamos todas as chaves e o armário abriu sobre um casaco de caraculo comido pelo tempo com um grande rasgão nas costas e colchetes enormes a fechá-lo por dentro. Ao fundo um maço de cartas amarelas atadas com uma muito breve fitinha azul guardava frases de amor restos de flores secas e uma página de jornal – "O assassino de luvas brancas"- em cima de uns sapatinhos bordados quase novos e, no entanto, com as marcas dos pés em dias felizes. Entrávamos com violência na vida verdadeira e salvação só no olhar atento de Ananapalavra.

Josefa de Óbidos

Nos papéis de Ananapalavra ao lado de um livro de horas e de algumas imagens de santos existia um cristo flagelado e uma cabeça de cordeiro dentro de um envelope de pano, bordado à mão e notas muitas notas em pedaços de papéis roídos pelo tempo e manchas de café. Saber por que teria guardado ao longo dos anos estas imagens, as palavras e o cheiro antigo tratava-se de um desafio que as muitas leituras não resolviam antes nos levavam para ínvios caminhos na procura do deus do deserto e suas formas, na dúvida persistente sobre nossa condição humana em bruto entrados e saídos de deus com a mesma facilidade doída com que Ananapalavra passava para nós interrogações sobre o ser e o nada Suku e deus e kalunga uma espécie de Trindade que tinha inventado para nos obrigar a pensar. Era-nos estranha a ideia de absoluto e no entanto Ananapalavra tinha-nos incendiado para sempre a vida a noção do bem e do mal as presenças e ausências de deus nas sociedades onde vivíamos a prazo e com interrogações de pertença. Que relação entre poemas, representações e frases soltas (por deus não se pergunta/a deus não se ilumina) havia naquela caixa de segredos que nos queimava as mãos e de que queríamos saber as origens, as teorias e a rede de signos que nos escapava pelos dedos e se refugiava num tempo de aprendizado em que nos ensinavam a crescer prendadas, bem educadas e tementes a deus.

O professor de história era casado com uma mulher chamada Josefa a quem desde logo começamos a chamar por Josefa de Óbidos tão grande era a nossa confusão geográfica e inaptidão para entender jardim nos locais onde o que nos motivava era a floresta. O que fazia Josefa de Óbidos nos livros de história que éramos obrigados a saber de cor com as suas naturezas mortas e uma ordenação cronológica e rasurante onde não conseguíamos perceber pintura ou barroco mas apenas superfícies domesticadas com as suaves cores dos frutos e dos adereços onde devíamos escolher modelos para o nosso próprio contentamento, não sabíamos. Cestos com bolos e retratos do menino que a impressão a preto e branco do livro único e obrigatório não nos deixava perceber completamente, santos felizes em caras gordas e redondas, brandos de cera e tão vestidos.

Por que teria então, Ananapalavra deixado para nós, em vez do menino salvador do mundo, o cristo em sangue cheio de chagas, com a tristeza e o desespero do abandono no rosto. Por que teria escolhido entre tantos "santinhos" a imagem do cordeiro com as pernas amarradas, cordeiro de deus e os nossos sonhos inquietos com o pesadelo do som do chicote e da palmatória (a acontecer para lá de nós e para além de nós) a acordar-nos no meio do frio e do calor. Que queriam dizer os cânticos ao divino, em papéis dobrados em muitas voltas e cheios de palavras de amor, esposo e esposa corpos expostos ao fio da palavra?

A carta secreta de Ananapalavra ou a morte dos poetas

Filha:

Depois de ter transferido para ti os instrumentos da escrita (água, carvão e cinzas, pólvora seca e penas) e de ter mesmo ensaiado as mãos e o corpo como suporte há um sentido do *continuum* que ficou por passar e a complexidade da linguagem destinada a fixar substâncias voláteis como as palavras mas que deixam cicatrizes daquelas que não saram e cujas marcas se adivinham no passar dos dedos. Nossos tempos não são os mesmos embora se encontrem no fluir das histórias a minha mais perto das curandeiras da rua da frente a tua mais aberta ao mundo e dos locais de transmudação das águas, a minha mais a roçar com os dedos os sinais de um tempo longínquo de antepassados e lobos a ultrapassar os sons da vida e a tua mais ensaiada e estudada em torno de uma gramática de amigos que nos ajudam a transportar as feridas. Quero eu dizer, filha, em palavras simples que trago comigo das velhas e dos caminhos, que para mim o tempo já se espessou e a descrição que guardo dele para te passar é já criação e memória passada a pente fino quando não a rede grossa. Preciso que saibas que o meu tempo é mais um "tempo de alma" tantas são as histórias que o sopesam, iluminam e estabelecem as zonas sombras por vezes quase impossíveis de atravessar. O teu tempo ainda é de somas, um ano atrás do outro com noites de riso e a espera. Sei que já há horas terríveis mas que uma esperança violenta e doce atravessa os teus caminhos na densidade da terra o jogo de sombras é mais luz e sinais para começar. Por isso esta carta se manteve secreta tantos anos na ambição desmedida de que os anjos te ajudassem a construir o mapa de afetos e os sítios da cura que não fossem uma mera cartografia da terra que nos cabe com as suas escalas, superfícies lisas e rugosas, nível do mar e montanha. Tinha que ser o verdadeiro mapa do tesouro, aquele que aberto sobre a mesa tivesse ainda o cheiro da tinta mas também os vincos do silêncio e as fórmulas para não sofrer que eu queria colecionar para ti.

Sei que abres esta carta quando a morte dos poetas, dos nossos poetas, se torna parte de nós "aquele buraco no peito" de que falava a avó e com o qual convivemos tão mal que só a música tomada em pequenos goles ao longo do dia nos amansa a dor. É que eles partem (é o que dizem as pessoas e eu nem sequer sei se partir é o verbo) de repente e deixam as palavras por aí para nós decifrarmos na língua dos mapas e a única coisa que nos apetece é olhar o abismo e deixar que o coração bata ao ritmo do salto. As vozes estão por aqui e são o eco dos tais segredos que só a poesia consente. Eu ouço as vozes e era delas que te queria falar, minha doce filha, na tentativa de cruzar os fios e não os deixar em novelo e com as pontas por unir. Por isso te deixo a escrita que é tão antiga como os desenhos nas paredes cobertos de musgo e líquenes. Por isso te deixo estas cartas (eu que experimentei a escrita na areia, o mapa e ofereci o corpo às várias escritas com que tentaram ensinar-me a vida) deixo-te cartas porque há um tempo que se cumpre sempre antes de estarmos preparados e nos perfuma de aflição saber que "os mortos não precisam de nós" (como dizia Rilke) mas nós precisamos deles e das insensatas palavras que trabalharam em verso para nos perturbar. Vai filha e não deixes que o teu tempo se cruze demasiadamente com o meu. Acende a candeia, deixa passar a luz no teu caminho, lê os poetas e deixa que a liberdade que escreveram em todas as línguas te seja leito, mapa, a terra e todos os seus nomes.

Nova carta de Ananapalavra

Há, minha amiga, uma palavra, uma única palavra, nem grande nem pequena, que me ferve os dias e as noites, me impede o poema e a invenção de um certo oriente, um antigo oriente onde, diziam os antigos, nasciam todas as fontes do mel e viviam as abelhas da cera. A dor ilumina e faz parte de mim como o mais amado dos pesadelos, aquele que se persegue acordado e não tem som, nem cor, nem peso, recorta-se na sombra da noite como uma outra vida para viver com as urgências de um canto santo que me foi ensinado para dizer e já perdi. Busco um refúgio, revolvo ruínas onde está sepultado o velho bule do chá e ordenam-me que parta sem os panos da origem e a água da viagem, as asas da noite com que já nasci ou os pés compridos de afagar os caminhos. Olha, por exemplo, amiga, a palavra fronteira. Pensei que me pertencia, tão igual me parecia o mundo de lá e o meu próprio, com a mesma terra e as mesmas árvores e a água a oferecer-se para amassar a argila. Era só passar e eis que o lugar da casa estaria já marcado ao lado dos irmãos e pronto o altar e vivos os jardins para que a palavra se soltasse e fosse de todos como o fio de contas que se afaga ao entardecer, disseram. Eu vi a palavra na sua primitiva forma, com os irmãos mergulhados em águas vermelhas à procura de pedras preciosas com que trocariam de vida, e não a reconheci. Eu vi a palavra fronteira, tinha endurecido em muro alto e arame farpado e a vida terminava ali de repente com soldados e armas e outras palavras que não as antigas fórmulas de saudar e acolher. Parei um pouco para pensar e vi o túnel e as barcas encalhadas sob o peso dos mortos. Ainda sou uma mulher, mas a minha voz está perdida e dobrada sob a dor de todos os que se perderam no caos do mundo dos outros, onde nos prometeram casa, árvore, leito e o riso das crianças. E volto a ver a palavra no fim de todas as travessias, gêmea outra vez do grande sofrimento, com as suas formas perdidas, seus desvios e penosos becos. Disseram que era só atravessar e o lugar do mel e da seda seria nosso outra vez. Nada nos preparou para o caminho da danação que antigas simetrias tinham feito coincidir com a liberdade e a cura. Depois de tantos mortos (no mar, no túnel, em cada carro de transporte) tínhamos de novo o muro à nossa espera e a notícia da degradação de todas as antigas glórias. Ao lado de fronteira alinhou-se a palavra ameaça, nem grande nem pequena, mas suficiente para perturbar o éden dos outros que não querem ouvir o choro alto das mulheres e o silêncio arrepiante das crianças. Cercaram o paraíso de muros altos e arame e deixaram-nos o mar e o deserto para morrer devagarinho. Vendemos, amiga, o velho bule, os panos e a alma e agora é-nos negado aquilo que procuramos sem descanso: água, casa e o leite das crianças. Não sou nada, mas fecharei contas mais tarde com todos os silêncios e perguntarei aos irmãos grandes de nossas terras antigas onde estavam quando nos abandonaram.

INICIAÇÃO

Nós, o dicionário e a professora Dina

O dicionário e a professora Dina entraram nas nossas vidas ao mesmo tempo. Também as palavras tática, guerra, resistência. A professora Dina pretendia domesticar o nosso português corta-mato, infalível nas batalhas de rua, eficaz no nosso ódio à ordem, disciplina. Era um português praticado na rua pedindo de empréstimo às outras línguas palavras, construções, tudo o que pudesse facilitar a frase curta, intensa, eficaz. A professora Dina notou isso no primeiro dia de aulas quando nos mandou fazer uma redação (chamava-se assim naquele tempo) sobre "A chuva" e trinta e quatro alunos do primeiro ano A começaram o texto assim: "Da janela do meu quarto". A professora resolveu tomar medidas e apresentou-nos o Dicionário. A partir daquele dia tal livrinho devia permanecer aberto para sempre nas nossas vidas. A professora Dina acreditava, tal como Yeats, que "se olhássemos tempo suficiente para o escuro, acabaríamos por ver aí alguma coisa". Descobrimos juntos a história dos dicionários e da língua. Fomos à procura da palavra através da "compilação completa ou parcial das unidades léxicas de uma língua (palavras, locuções, afixos) ou de certas categorias dessa língua, organizadas numa certa ordem convencionada, geralmente alfabética, e que fornece, além das definições, informações sobre sinônimos, antônimos, ortografia, pronúncia, classe gramatical e etimologia". Descobrimos os mais variados dicionários, desde os especializados na linguagem de uma época, ou de um escritor determinado, aos das diferentes áreas do saber. A história da língua tornou-se-nos familiar através da origem das palavras e da sua evolução no tempo.

Fomos tomando posse de uma língua que era a nossa língua

materna mas da qual só conhecíamos o ruído, o grito a ponta afiada para ser usada na rua. O silêncio, as formas de pensar e julgar, e as escalas de valor foram aprofundados com a consulta do dicionário.

A delicadeza da estrutura da língua e os problemas que o jogo com as palavras pode trazer surgiram com o natural enriquecimento e domínio da língua. Um sinal, um pequeno sinal de pontuação (e era a voz da Professora Dina como o grilo nos nossos ouvidos), obriga a uma leitura cuidada pois uma frase interrogativa direta cumpre o papel de nos pôr a pensar e exige uma resposta. Um dicionário, mesmo de recursos simples, oferece palavras e expressões saídas da poeira da memória, que voltam aqui prontas para nosso serviço (há pouco tempo e levada por sérias intenções, encontrei mais de duas mil formas de grafar cachaça). Pode parecer à primeira vista aquilo que os teóricos (leia-se os gramáticos) consideram "uma (várias) não frases", ou apenas um conjunto de palavras em estado de dicionário e colhidas ao acaso. Não é verdade, e o desafio de hoje é: fiquem com o sabor das palavras antigas, com expressões ainda não submetidas ao crivo do politicamente correto e extraiam todo o sentido que a entoação sublinhada pelos sinais vos propõe.

A linguagem em si não é precisa nem imprecisa. Nós é que a podemos usar de forma menos cuidada, alterando os caminhos que a semântica nos propõe.

Da língua dos anjos (palavra que veio do grego para nos ensinar a voar) daremos mais notícias. A sugestão continua a ser: mantenham o dicionário sempre aberto, em revisita aos falares e sabores em e da língua portuguesa e de todas as outras que nos rodeiam.

A casa de meu pai: a África na filosofia e na cultura

Conheço alguns intelectuais do continente africano que gostavam de ter escrito um manuscrito que abrisse as portas da casa do pai (na casa do pai há muitas moradas) com lentidão e respeito para se mostrar aos diferentes saberes: à biologia, à filosofia, à arte, à memória da coisa dita e passada de geração em geração. Conheço homens e mulheres que gostavam de ter posto em letra de forma a sociologia, a filosofia, a crítica e teoria literárias, a música, a antropologia e a história assim em frases simples e contaminadas de todos os saberes do mundo.

Conheço muitos que se detêm a sonhar ("um tempo mais que o eterno", como disse o poeta) com textos raros de superfícies envelhecidas, mas deixando ver à luz as letras de outros textos, palimpsestos, manifestos, artes de conjugação – passado, presente, futuro. Os outros gostariam que as largas portas da casa abrissem corredores do saber, locais de cultura onde as histórias mais antigas se encontrassem com a filosofia a uma luz nova, o avesso do bordado, perfeição na perfeição, percurso aprendizado lição. É a procura do livro sábio onde o modernismo se alargasse para o Continente Africano na possibilidade de discussão de antigas teorias em malha larga, opção pela justa medida universalização dos conceitos.

A todos anuncio: o livro existe e parece sempre ter estado ali. Chama-se *Na casa de meu pai: África na Filosofia e na Cultura*. É seu autor o ganês Kwame Anthony Appiah. O trabalho segue a estrutura rigorosa estrutura do trabalho de ensaio deixando espaço para o aparecimento do sujeito e da autobiografia como elo de ligação. É como deve ser alguém que conhece a casa do pai e nos abre a porta para todas as moradas. Dividido em capítulos, cada um a permitir a discussão dos conceitos como a noção de raça e a sua invenção no século XIX para perturbar tudo e todos. As identidades são tratadas em pano histórico para que a diversidade não seja esquecida neste longo aprendizado da vida do continente.

O livro existe (em língua portuguesa está editado no Brasil, Rio de Janeiro, Contraponto, 1999) e franqueia as portas da casa do pai para que a bondade das intenções não obnubile o saber do mundo dos muitos mundos com que somos confrontados.

"A Lebre e o Camaleão"
(Conto cokwe – versão abreviada)

...

"Dizem os antigos que a lebre e o camaleão resolveram ir pelos caminhos das caravanas
levando borracha para permutar pelos belos tecidos vindos de oriente e ocidente.
Muitas vezes a acelerada lebre ultrapassou e cruzou o lento camaleão nos longos caminhos
do mato, levando produtos e trazendo panos, gritando-lhe enquanto desaparecia: – Cá vou eu!
Ao desafio respondia o camaleão: – Chegarei a meu tempo.
Finalmente, a lebre, assim como adquiriu bonitos panos, também os perdeu,
nos percalços da desordenada pressa, e anda para aí vestida dum cinzento escuro e sem cor.
O lento e pautado camaleão juntou farta fazenda, e tanta e tão diferente, que ainda hoje muda,
a todo o instante, panos de variado colorido."

...

Das muitas versões que o legado da oralidade esconde sobre a lentidão e a perseverança, a pressa e a segurança a ciência da memória e todos os degraus do esquecimento, esta escolha dos tucokwe parece resolver com felicidade questões da história do continente africano e lidar com uma apreensão do real e do imaginário que convoca todas as categorias da tradição e da linguagem para tratar um tempo histórico e resolver, de forma concisa, as relações entre opostos e da velha questão da distância entre dois pontos. A escolha das personagens da história é, em si, uma das apostas destes contadores e cultores da linguagem que de uma vez por todas poupam a tartaruga (ou o cágado) desta disputa vulgar e da tensão de uma corrida. À Tartaruga (ou cágado) estão reservados outros papéis, noutras histórias que lidam com os sentidos profundos da vida e da morte, do dia e da noite, do exercício dos poderes e da sábia articulação, organização e hierarquização das máximas que sustentam a comunidade e a fazem não perder o seu sentido da história e da memória.

O jogo com a linguagem permite-nos perceber a história profunda das viagens que em momentos diferentes estiveram na origem da sua formação como grupo autônomo: origens, terras ancestrais, elementos novos adicionados ao grupo e partida param sul em demanda de novas paragens, relação com outros grupos, adoção de novos costumes e ainda assim fidelização a um núcleo duro das origens. Dizer tucokwe é dizer diáspora, apropriação, caminhos de comércio, relações continentais e transcontinentais e lenta progressão no terreno a desenhar mapas de caminhos, trocas, empréstimos, prestação de serviços, alianças. Na terra ficou para sempre inscrita a mudança: caçadores de elefantes, coletores de borracha, intermediários na negociação, fizeram-se agentes da mudança senhores que eram dos segredos da fundição do ferro e da arte de trabalhar a madeira. Dizer tucokwe é dizer expansão e passagem de finíssimas veias de ligação a senhores dos caminhos. É saber dos tecidos, das fibras e de lentíssimos fios de seda a ligar ocidente e oriente.

De tudo esta história é o resumo e o símbolo escondida que tem na sua superfície aparentemente simples todos os mitos de fundação, rituais de passagem e a escrita da história ancorada em verdades que mostra e noutras que só se descobrem se descermos em profundidade às camadas que constituem o núcleo da narrativa suavemente tapada por uma crosta que as palavras acabaram por alisar. Tudo ali faz sentido: as personagens, a língua que falam e as vestes que as tornam atores de um complexo processo histórico. O resto é a lentidão e o desenho na areia que se faz só para ser apagado.

Um rio preso nas mãos

Aprender a falar a língua de Angola

> Tem os verbos desta língua geralmente três pretéritos perfeitos; o 1 significa há pouco tempo; o 2 que há mais tempo; o 3 que há muito tempo. Porém tem-se por experiencia que algũas usão hum por outro;
> ...
>
> Pedro Dias. *Arte de falar a lingoa de Angola*. Lisboa: Oficina de Miguel Deslandes, 1617.

 E no princípio era a língua nas suas viagens de ida e volta pelo Atlântico a alargar os verbos para conter o geral, o particular e o à volta. E uma antiga oração milagreira, dita e escrita em língua geral para ser entendida por todos e por ser a arte das línguas para se ligar a todas as redes que eram muitas nos caminhos todos que desaguavam no mar. E a língua se fez luz e arte e ocupou geografias afastadas que o trabalho escravo cimentou. Era o princípio e a língua e o falar de música em dó aberto, os grandes milagres da virgem do Rosário e os ex-votos desenhados na caligrafia dos mapas de marear. As palavras ditas e esquecidas por Simon d'Aguardo, Lope de Vega ou Gil Vicente e Joana Soror e as sempre de prata, composições que elabora a partir de palavras ouvidas aos escravos. Línguas de Angola nas suas intensas variações a invadir o português e a obrigar as vogais a replicarem-se como cópias de vogais tônicas surgidas do exagero dos gramáticos. Foi nesse tempo que os verbos se tornaram duplos ("orientou fazer") e transitivos, a apagar as sombras da língua, a tornar silêncios em gritos, a olhar de lado palatais e fricativas, a substantivar pronomes e a mudar (oh, a mudar) o lugar das preposições.

 Depois o mar, kalunga e mar nem sempre sinônimos, quase

sempre coincidentes, e as notícias de uma língua universal com a nomeação do detalhe e do novo e sempre livre para os detalhes da vida. A língua pode ser um fogo que se acende para inaugurar o ponto onde todas as línguas naturais se fundem, ferro e sopro, tudo junto na lava macia do conto, da estória e do romance. Logo na *1ª Canção do mar* começa a deixar na praia as marcas de uma apropriação e registo a modificar a língua de Angola, procurando os sinais mais antigos que esta possuía antes dos contatos e da mistura. O homem e o mar, "Águas do mar" e o sangue da buganvília, planta de que ninguém conhece os mais profundos segredos. Histórias de meninos e bolas de meia, diários íntimos e amores impossíveis, lâmpada de Aladim acesa no ventre da língua, descoberto o ABC há que lidar com as consoantes duras e transformá-las por adição, troca, prolongamento. A arte de falar a língua de Angola faz-se de aprendizados e práticas e quem "Semeia vogais, colhe tempestades". Que começou como a chuva de *Luuanda* a ligar rastilhos uns aos outros: *Canções para Luanda, A Cidade e a Infância* e *A Vida Verdadeira de Domingos Xavier*, construções de amplos recursos das formas simples às mais complexas estruturas da narrativa. Depois de Babel, que é o que acontece depois da língua, quando a perfeição se impõe dentro de um universo partilhado e as línguas devolvem frases para contorcer a gramática mas nunca provocar a erosão dos sentidos. Esses estavam na pele e no coração de todos os que o liam e percebiam a língua natural a fazer-se nascer angolana e literária. *Nós, os do Makulusu* é da dureza do sílex e afeiçoado em todos os bordos. Perfeita dicção, oratória completa, moral a haver e a morte a separar dois mundos ligados pelo pacto sagrado da união das línguas as existentes e as inventadas *No Antigamente na Vida* por Mais-Velho, Paizinho, Maninho e Kibiaka. Está conquistado o Nosso Museke e as areias redistribuídas que o conformam. Atos de fala em todos os registos são convocados para contar em Lourentinho, Dona Antónia de Sousa Neto e eu a história angolana de cadornega ao funje de sábado. E volta o Brasil e a sua escrita, "os seus Kimbundus sem kapas" e a rememoração de locais onde a arte da língua de Angola foi começada a abrir portas no português para ordenar as frases segundo lógicas de gramáticas alheias, sopros de vozes, misoso antigos. Aqui somos convocados (coisa de mais velho em boca de Miúdo) a assistir e a gostar da história da literatura angolana e seus sábios vates de épocas anteriores que são também as nossas: "Conhece o Assis?". Luanda, a cidade, cabe toda inteira nestes livros, escritos em pauta para que todos possamos ler:

Angolanamente.

MULHERES

A manta

É pequena a manta que te cabe
Pequena menina grande pessoa
Para guardar teu choro e esconder
as minúsculas mãos
Em pano de seda representado.
É uma dobra do mundo o que se estende
Para teu crescimento cuidado
no colo da gente nas voltas do tempo

Ana Paula Tavares

As mães

A vida não é uma flor daquelas que abrem uma vez por ano e nos viram de perfume o sorriso e o sentido dos caminhos que se abrem em nós para começar todos os dias. Ser mãe é ser o centro do mundo viga de pé corrida pelos ventos. Entre as mães e a fúria é o corpo que se ergue muro gravado das falas mais antigas de todas as que foram mães antes de nós e não se renderam, as que velaram pelo fogo na sua teimosia.

"Aprendeste a domesticar desertos para agora te perderes no mar."

Fala de mãe "Me" a mãe das mães para os filhos novos.

Mães da Nigéria

Venham, oh mães, que aqui se canta a história de uma noite, meio dia e algumas horas e assistam de pé aos cantos dos vossos filhos que agora já não cantam. Venham oh mães com as vossas vozes noturnas chorar os filhos, os antigos e os novos de cujos corpos o rio da vida fugiu, como o antigo rio que nos alimentava e cedeu ao deserto, venham oh mães porque por aqui passou a loucura com bandeiras de fogo e vento e nada é igual ao tempo. Chamei-vos para que a palavra repetida, a que cura e veste, não pare mais e consiga rasgar este silêncio que agora desceu sobre as nossas vidas como uma pedra, uma única pedra que rompeu o nosso sonho e de seguida a vida de todos aqueles que, no mercado, ainda buscavam o peixe.

Venham, oh mães trazer-nos o tempo em que a palavra era vida e ainda espaço para viver devagar uma ordem de luz e salalé como nos lembrou o pai e nos esforçamos por saber, escutando todas as formas da fala. Venham, com mãos de seda cuidar do cercado e de nós os que não queremos morrer nem matar enquanto somos anjos acesos de vida

E por que é que elas não podem brincar?

(Para as meninas)
"Cada boneca tem a sua própria fala e nós aprendemos a ouvi-las."
Provérbio Kwanyama

E são de madeira, de sementes de árvores de grande porte, de carolo de milho, de terracota, de galhos de árvore bifurcados, estão à mostra em todos os dias, estão escondidas atrás das portas sagradas dos cofres da vida. Estão em museus e expõem a teoria da fertilidade atribuída a uma "África Ambígua" e para sempre desconhecida, onde se confunde espaço de criação e memória antiga do brinquedo e do seu sentido apagado para sempre de uma teoria do brincar, singularidade e uniformização – disse o senhor Benjamim e outros, os que foram ao sul em busca das teorias da fertilidade e renovação, gesto e palavra do grupo na margem sul da humanidade. Ali não há brinquedos em série e nada é igual e se repete naquele mundo das palavras de um universo, onde cada dia é novo e se insinua, e tudo são corpos e regras de aprendizado e conhecimento das fontes e da dureza do barro, ciclos da chuva e suspensão do tempo. Cada objeto é único e preparado pelas tias e pelas mães, sem modelos que não sejam os que se aparentam ao tecido social que rodeia os povos e onde as meninas se inserem, aprendendo a ler suas bonecas com a arte de adivinhar o sonho e a vida do futuro. Nenhuma menina tem muitas bonecas, por isso sabe como cuidar da sua com o cuidado do pássaro em ato de voo, ou na finura do canto. São bonecas tronco, bonecas osso, bonecas argila, bonecas tecido que se transformam em objetos nobres revestidos de algodão e fibra e fios finos de cera que suportam as miçangas em cada trança de entrecasca de árvore. A cabeça suporta o penteado que mima o movimento da terra em volta do sol, tantos e de tantas cores são os fios de miçanga que suportam, alternados com caroços secos de frutos perfumados. Cada uma delas tem, para toda a vida, um nome escolhido pelo primo do lado da mãe, que deve ser pronunciado todos os dias sem enganos enquanto se prepara o porta-bonecas que a segura às costas.

Estas meninas rasgam a vida com seus risos absolutos e partilham com as miniaturas de si os óleos de proteção que as antigas deixaram pela casa e movem-se dentro da luz com as suas bonecas de brincar. E os senhores sérios até podem ter razão e fixaram taxonomias e diferenças de adorno e de tamanho, e deixaram tratados sobre rituais de passagem e símbolos de fertilidade. Os museus do mundo arrumaram-nas como objetos em quartos brancos e muito limpos chamados gabinetes de raridades e coisas exóticas. Cresceram narrativas sobre o uso, a família, o casamento, o nascimento e tantas outras notas para redefinições de cultura e outras coleções.

Enquanto isso, as meninas brincam com as suas bonecas de madeira, semente e tronco de árvore. Sabem, um por um, os nomes delas e nunca se enganam. Correm, brincam a inventar o leite enquanto ninam as bonecas nos seus braços de sonho e de futuro.

Desafiar o silêncio

> "Em África, a mulher tem por obrigação ser tudo: cuidar dos filhos, enquanto isto signifique encontrar alimentos onde a fome alastre, acartar água onde a sede impere, esgravatar lenha para o parco fogo de que necessita, preocupar-se com o calção ou o vestido, a manta ou o agasalho, onde a nudez reina e o frio aperta."
>
> Dario de Melo, escritor angolano

E agora são as mulheres que me pedem um lugar para viver todos os dias sem que seja apenas para chorar os filhos e os filhos dos filhos, aqueles que tocando o arco pelas ruas se atreveram a mostrar o sorriso absoluto e a acreditar que o futuro era já ali na pressa que todos têm de mergulhar as mãos em liberdade e sonho.

São delas as vozes, sobretudo as vozes, contidas nos cantos de acalentar e espantar os medos todas as noites que são longas para preparar os dias de empurrar a vida. A escola e a leitura ficam muito longe. Aprendem muito e da fala conhecem todas as artes de a usar para perpetuar a tranquilidade do grupo. São membros ativos de antigas sociedades da palavra e conhecem o labor do seu pleno exercício. Foi-lhes no entanto negado o acesso ao texto sagrado, apenas invocado pelas vozes de mando para as obrigar a cumprir os preceitos. Os passados mais antigos combinaram-se com os passados mais recentes para tornar a escola uma coisa de homens e mesmo para estes só para alguns. Os caminhos longínquos da profissão, das migrações, afastaram a escola. As independências – o sol das independências – procuraram comer etapas, remover moléstias antigas e abrir escolas. A guerra mudou tudo outra vez e as cartas dos direitos humanos do Mundo esquecem-nas no meio de um crescimento que não permite a brincadeira o sonho antes da vida verdadeira!

São elas que sabem das vozes que nos habitam, dos passados que moram em nós, e nada dizem sobre o que escolhemos e rejeitamos para nos obrigar a mergulhar fundo na relação entre vida e história, entre as formas ambíguas de decifração de signos que, pertencendo a um, transbordam para outro, num jogo entre dito e não dito. E agora são elas que me pedem que fale como se fosse no Jango, ou na Ciota, porque não têm tempo, entre procurar a água, lavrar a terra, mudar a mandioca, tratar dos filhos, para soltar os gritos que se lhes espetam como facas na garganta, na luta entre memória e esquecimento. Sabem que a poesia alberga melhor as vozes que a habitam, agrupa e reagrupa a solenidade do canto, organiza espaços, oferece as ligações do poema a um chão, uma terra, um universo. O território obscuro do tempo rouba-lhe por vezes as pausas. E há que estar atento, porque o silêncio é "o mais velho" da poesia.

São elas que me pedem que tire as mãos da boca, que não tape os ouvidos e não feche os olhos às novas ordens que andam soltas por aí a sair fora dos textos das leis e da segurança da nossa terra. Pedem-me que faça renascer as palavras do tempo dos avós e retire as mãos do barro para que a forma seja inteira. Pedem-me o nome para ser posto debaixo daquelas que não têm nome (as africanas, as kinguilas, as peixeiras, as mães, as avós, as tias, as donas).

Querem que com as palavras construa o mundo que lhes falta e que a poesia permite e assim institua o tempo renovado e as cinquenta maneiras de dizer o amor das coisas, das pessoas e dos animais que uma vez foram infância e agora são memória na terra que cheira a pão e a seda envelhecida. Com a palavra querem que eu corte de novo os lábios e no sangue antigo dos mirangolos reencontre os trilhos, as sobras da vida juntas de novo pelas suas mãos fortes de mulheres. A poesia canta a vida como os antigos *Napalavra* e é preciso o pau duro de mutiati, o mesmo com que o adulto marca as fronteiras do novo eumbo e começa a sua vida, a vida dos seus bois, das mulheres e dos filhos, para marcar as linhas do jogo que essa poesia entretece com a palavra, a desfazer os nós perfeitos de antigos silêncios guardados na garganta e nos corpos magros e leves dos filhos e do trabalho. Contra o esquecimento pedem que cada palavra seja agora posta ao serviço do sonho e com as chaves antigas "de fingir" percorra os labirintos, aguente as dores das transformações, o ruído insuportável do canto das cigarras que esconde as lentas metamorfoses da palavra prometida.

Pedem-me vigília sobre a natureza do mal e que por momentos deixe de cantar e lhes empreste a voz, porque os caminhos da poesia, essa meditação sobre o esquecimento, passam por aqui, como as mãos da tecedeira imitam o lento caminhar dos corpos celestes no céu que nos abriga. Pedem-me que grite enquanto tocam a vida em frente todos os dias, todas as noites.

Ana Paula Tavares

A vizinha do lado

"Mulher é desdobrável. Eu sou."

Adélia Prado

Tinha uns olhos pingados e solenes a nossa vizinha do lado, que pareciam não fazer parte do rosto redondo e marcado pelo tempo que apresentava todos os dias mal começava a manhã, por entre as cortinas de renda da janela. A casa cheirava a bolos de coco e areias sempre prontas, sempre frescas. Os miúdos eram atraídos pelo cheiro como as moscas em busca da carne e do peixe a secar ao sol ardente da montanha. Nossos rituais de iniciação começavam por aquela casa amarela onde descobrimos os sabores das especiarias (Oh deuses o cheiro da canela a temperar o açúcar no ponto), noz moscada, cominhos e todas as antigas guerras da pimenta e malagueta, um ramo de loureiro pendurado na cozinha. Os modestos vestidos de chita da vizinha do lado escondiam sonhos de vestidos de seda grená (A vizinha quando passa/com seu vestido grená) e outros sonhos ainda mais secretos ligados à morte de homem e veneno de ratos (todo o mundo fica louco/e o seu vizinho também), árvores de sacrifício, pequenas figuras de pano espetadas de pregos. Nossa casinha de chocolate passou a ser assim de pedra e cal, com cortininhas de chita e buganvílias vermelhas e o nosso gosto mudava e a língua aprendia outras cenas de encantar: Ela mexe com as cadeiras pr'a cá e pr'a lá/ele mexe com o juízo do homem que vai trabalhar. Aprendemos a prolongar as manhãs e as mentiras a ler à nossa maneira o azulejo azul e amarelo da entrada "Oh vós que entrais" para chegar cada vez mais perto do forno e do fogão e das gaiolas dos pássaros, felinos com a dor das garras a nascer, anjos de um presente a prescindir dos guardiões do fogo. Nove caminhos nos eram prometidos e logo a solidão a obrigar-nos a deixar para trás fios, milho de pássaros e outras sementes, sentido de sul e salvação. Presos no sorriso da vizinha (a vizinha quando passa e não liga p'ra ninguém/ todo o mundo fica louco/e o vizinho também) partimos e a casa era mais do que a floresta, aurífera paragem do cheiro do cacau mais perfumado. Filhos do sacrifício, aprendemos logo a prometer o que não tínhamos escravos de esmolas perfeitas para a nossa idade e iniciação. Recorremos aos jogos do discurso, à poesia e à prosa "os teus olhos são estrelas e cintilam", "o teu cabelo tem brilho nas pontas", "teu jeito de Flor e cheiro". Não tínhamos da poesia mais do que uma ideia breve e vaga dos poemas de natal recitados em família, mas ficamos seus servidores para sempre quando nos permitia um sorriso, um olhar a eternizar-se de espanto, uma noz de chocolate. Dentro de nós dormia uma fome mais antiga que a muralha da Chela, sensível ao cheiro do chocolate, ao bolo podre e a uma vizinha do lado, dona da mais pequena casa de pedra e cal, perdida na passagem do tempo, sem ar, sem idade e com um vestido de chita que sonhava ser seda, pesado veludo e suave roçagar de renda. Não sei que é feito da vizinha do lado, embora o outro vizinho ainda lá ande na sua loucura de sonhos e rendas. Nós passamos a casinha de chocolate, as formigas aladas, chão de salalé e outros territórios ainda mais duros. Fizemos travessias com descidas e subidas. Ganhamos e perdemos a esperança. A vida foi tomando conta de nós e nós dela em certas ocasiões. Ainda pensamos que como a vizinha não há.

    Imp. Ouçam de Dorival Caymmi *A Vizinha do lado*

Ana Paula Tavares

Aurora, nossa tia

Era a mais antiga das tias. No mapa da cara dela estava escrita a diferença entre "a primeira" e a "que já lá se encontrava" como dizem e acreditam os Nyaneka para explicar origens, antes, durante e depois quando se fala de antepassados e de tudo o que havia antes, no princípio dos tempos, ecos e impressões digitais de longínquos começos antes do dilúvio e das rãs. Um mapa do tempo estava rigorosamente inscrito naquela face, bem como uma história de conflito que transportou a vida toda, enquanto seus pés, suas mãos fortes e uma linguagem sempre afeita ao provérbio e à lição nos preparava para a vida e para os caminhos de terra batida que tínhamos que percorrer.

O seu feitiço maior, o que realmente fazia virar o coração, estava no domínio da matéria: a casa, a chuva, a terra, as árvores de fruto e do café e ainda o pão de cada dia e da véspera que ela própria preparava com fermento, farinha e água: "deus te acrescente que é para muita gente". Este uso de deus no singular não faz jus à forma como o usava em todas as circunstâncias e à maneira como sabia usar e dominar numa espécie de fúria controlada que a fazia ser crente de todos os deuses, tributária de todos os altares (fogo, açúcar e especiarias) na esperança de um retorno, o que se verificava sempre porque esta mulher, Aurora, nossa tia, não dispensava a cobrança e tinha fórmulas secretas para a conseguir. Recusava templos e cemitérios porque perder tempo era mister que não exercia, ocupada sempre a esculpir linguagens e comidas (a multiplicação do pão) e pessoas em crescimento a precisar de estacas e árvores sombra. Não havia assim muito tempo para Aurora olhar o céu estrelado e estremecido de frio nas noites longas que antecediam o clarão da aurora. Não lhe faziam falta os versos tímidos das outras tias, as cartas de amor a soldados desconhecidos e outros estranhos que iam passando por ali. Antiga como era, assumiu sempre a primeira pessoa no que toca a trabalhar, virar a terra, cuidar das árvores (plantadas por ordem direta e lógica da porta da casa ao fim do pomar) e dos ninhos. Também era na primeira pessoa que arregaçava as mangas para pôr na vida crianças, vitelos, cabritos e outros ovos da vida. Estas eram algumas das suas formas de rezar e sacudir o supérfluo, animal da terra e crente nas palavras (nem a mais nem a menos), as necessárias para não instaurar conflitos entre carne e espírito como as folhas velhas das árvores ou as muito novas que nasciam nos ramos baixos e sorviam a seiva necessária ao crescimento da árvore como um todo. Palavras a mais eram países estranhos de que se recusava a ouvir os nomes e a saber os sentidos. Rápida, eficaz, presente, sua vida era muito simples com as suas leis próprias, os deuses no seu lugar, os miúdos a crescer e a parte da terra que lhe pertencia organizada como um lugar sagrado para que a vida se renovasse como tecido lavado, céu e terra ligados pela força dos seus braços. Nunca saiu dali a não ser para fazer quilômetros de mato à procura de barro puro para construir os seus vasos.

CULPA

A culpa

Na minha aldeia, a culpa era casada e tinha filhos. Todos com cara de culpa. A carga devia ser enorme porque caminhava carregada sob o peso de imaginários dedos estendidos na sua direção e como mãe e culpada encontrava na comida uma forma de sobreviver atrás das panelas a cozinhar sentimentos para os filhos e os outros comerem. Um misto de culpa e ressentimento desenhava na sua cara mapas antigos de difícil leitura, sobrecarregados com os sinais do pecado em amarelo e ocre por entre as rugas.

A felicidade e alegria com que todos nós, os outros, teimávamos em incendiar as ruas da aldeia estavam arredias da casa da culpa, dos filhos da culpa e dos animais do quintal, sempre mais magros e ferozes do que os nossos. Nós éramos donos de um manual de avaliação que nos era fornecido em casa e a partir dele partíamos para a conquista do mundo usando os filhos da culpa como nossos serviçais, ou escravos, melhor dizendo. Se queriam brincar tinham que cumprir as regras que eram básicas mas importantes na distribuição das tarefas pesadas de bestas de carga à debulha do milho. Sujeitos e agentes das boas intenções, aplicávamos sem remédio as receitas da casa: os culpados tinham que expiar e arcar com todas as dificuldades. Nossa liberdade era assim interminável, eles, os nossos avessos estavam sempre presentes para nos fazer atravessar o conflito num mundo a várias dimensões onde tudo – atos, delações, desejos podiam ser sempre iluminados pela culpa dos outros.

A nossa conduta, como a dos nossos pais, era sempre a ideal, se comparada com a vida da culpa, seus filhos, seus animais e sua sagrada submissão aos princípios de subir o mundo sob o juízo dos outros. Os princípios que regiam as nossas casas ficavam lá dentro, rigorosa e severamente ordenados pela mãe, pelas avós presentes e nos casos mais graves pelo pai, que de vez em quando aparecia. As nossas mães faziam um rol das culpas e quando o pai chegava éramos chamados um a um para cumprir um castigo. Vivíamos num mundo a duas morais: a de dentro (guardada a sete chaves pela família) e a de fora, onde só se via a culpa, sua casa, seus filhos e animais. Também ela não parecia incomodar-se, tão ocupada andava a fazer comida para os seus filhos e animais, a cuidar da casa para a proteger da chuva, das pragas, dos animais e dos filhos. Não tinha tempo para pensar no mal de viver e assumia bem (em nosso entender) os dedos estendidos do resto da aldeia, bem como o lugar no fundo da igreja que lhe estava reservado. Nunca nos ocorreu perguntar de onde ela vinha, que parentes do lado esquerdo da vida lhe tinham determinado o percurso. Também se alguém tentava, os olhos da avó ficavam compridos como se houvesse um pacto alargado pela culpa que a todos servia.

Para lá da luz crua do silêncio circulava uma história da morte de homem e marido com uma faca e de uma confissão ("sete vidas ele tivesse") que implicaram degredo e uma vida nova enquanto culpa e transmissora desse sentimento à casa, seus filhos e seus animais.

Nunca lhe percebemos vergonha, mas sim a ideia de cumprir um serviço público – o de ser a eterna culpa dos outros, casada e com filhos.

A casa do Bungo

> "E, aquele que não morou nunca em seus próprios abismos nem andou em promiscuidade com os seus fantasmas, não foi marcado. Não será exposto às fraquezas, ao desalento, ao amor, ao poema."
>
> Manoel de Barros

Há fantasmas assim. Muito lá de casa, com quem trocamos mal disfarçados sorrisos, chávenas de chá e combinamos passeios à Muxima, à Barra do Kwanza e a outros sítios mais secretos, cheios de hábitos antigos e preciosas flores. Conhecem bem a terra de noite e conduzem sem pressa para territórios antigos onde repousam histórias e sonhos de saber e encantar. Os afetos são mantidos à custa destes encontros inesperados. Vinhos velhos, abafados, como o kaporroto, também servem para acender a primeira gargalhada, e o resto roda em espumante para animar as noites de cacimbo. Moram pela cidade, uns nos abrigos dos anjos e outros espalhados por mapas do seu conhecimento, que só partilham com os conhecidos e com os que se candidatam às duras condições de fantasma e passam no exame com um nome fixo a ser usado, a partir daí, em todas as sessões e reuniões de grupo. É no edifício que já foi conhecido por palácio de Dona Ana Joaquina que preferem encontrar-se. Isto porque velhos túneis com saída direta para o mar ainda existem e possibilitam uma escapada rápida em caso de aparecimento de um fantasma ou um não fantasma de família desconhecida, não iniciado e incapaz de compreender o ideal da comunidade: a arte suprema do não-poder, o método e a fala. A celebração da inocência é feita aos sábados com peças de teatro e dança escrupulosamente ensaiadas e por vezes copiadas da arte de alguns viventes que andam sem sítios para a poder mostrar.

Histórias de marinheiros e corvos, longas viagens de tradições do ferro e outros *misoso* de filhos de reis que viraram pobres, de amor, escravatura e outros assuntos que celebram a memória de quem partiu, ou estando vivo não consegue parar para ser ouvido.

É bom esclarecer que o Palácio Ana Joaquina, antiga casa grande de Luanda, residência de senhora de escravos, seus cavalos e servos, não é uma casa assombrada. Já foi entre cruz e sombra com lamentos de almas vendidas à peça, escravos já sem terra, doentes de saudade e medo. Agora a nova casa que fizeram por cima das pedras do Brasil é só espaço de reunião de fantasmas cúmplices e que habitam o silêncio da noite sem prazo e sem fronteira na eterna busca de um pensamento tornado dança, tantas são as formas de o dizer e de procurar na amizade a resolução de contrárias e opostas verdades do ser, antes do infinito precipício da realidade que a luz da manhã oferece: prédios como muralhas a dividir a cidade e as gentes, a traçar uma linha no céu como a torre kapoci, que muitos anos antes tinha perturbado as formações Luba e Lunda muito mais ao centro. E a noite era deles, dos fantasmas muito lá de casa, com as suas notícias sobre a baixa e as impossíveis centralidades (centralidade de quê, dizia a Surucucu, que começava sempre as suas falas com uma citação de um livro antigo de Luanda, "surucucu é sopro de sílabas"). Vindos de moradas incertas, ali se reuniam para a curva do verso, o equilíbrio da voz e o balouçar dos corpos com a dança. Por vezes viam filmes e discutiam tão acesamente as incongruências, os aspectos éticos da linguagem, a filosofia que nada era possível senão parar o filme e deixar o mundo rodar. Importam-se com a cidade e com os seres dilacerados que a habitavam, com os exílios entre ser e substância, com o despachar a vida entre esquema e ilusão. Os queridos fantasmas mantinham o seu e o nosso mundo sempre organizado entre a afinação da memória de contar e o despojamento de todo o poder. É verdade, a casa tinha desaparecido, mas o Jango novo propiciava a conversa, e se por vezes era preciso fazer calar o fantasma do

"Socialismo Científico", tudo fazia de novo sentido: a adivinha, o provérbio, o conto e o teatro. Aquele, à noite era o lugar sem limites, entre céu e chão, o lugar da tranquilidade feito para pensar e recordar as passagens para os mundos muito lá de casa.

Ana Paula Tavares

A cor das vozes

Para a Ivone Ralha

A senhora das mãos de seda colocou no cesto da tradição, por ordem, as tintas antigas. Amassou com dedos finos, tacula e lápis-lazúli, moídos sem pressa com gestos longos nos dormentes esquecidos das antigas casas da aldeia. O pó dos alfabetos (latim, éfik, desenhos geométricos em carapaças de tartaruga, cera perdida) foi misturado em cuidadas operações com óleos vegetais, minerais e perfumes.

A senhora das mãos de seda amarrou o sopro das vozes dentro do cesto de adivinhação e inventou o mundo a partir das relações entre os diferentes sons. Aprendeu a olhar uma por uma e a cobrir de panos as palavras nuas das histórias.

Para conhecer e distinguir as diferentes notas das vozes a senhora das mãos experimentou tudo: a escrita das pedras, a escrita na areia, o alfabeto grego, a escrita tifinagh e a revelação dos sonhos transcrita diretamente dos símbolos mais perfeitos. Aprendeu a bordar tapetes showa, veludos do Congo, esteiras com provérbios inscritos. Colecionou as fibras de todas as espécies vegetais mesmo as aparentemente desaparecidas dos mapas mais à mão.

De cada vez que uma voz se mexia, ela ficava uns momentos quieta a descobrir-lhe as cores, os silêncios, os cheios, os vazios, enquanto nas voltas que dava procurava versos na poeira do sol. Deixava, a senhora, que os dedos molhados de pólen traçassem sinais e sinais na tela esticada da terra.

Alguns alfabetos traziam à vista signos conhecidos, outros escondiam-se na opacidade de uma textura longa, enrolada em árvores, animais e tempos ainda por conhecer.

A senhora das mãos e dos lentos cabelos continuou sentada.

Dava muito trabalho estar em silêncio quando tempestades de flores desciam lentas por dentro das nossas cabeças. Tábuas de símbolos apresentavam-se para ler mas o livro da decifração dos provérbios não estava todo escrito.

Foi necessário seguir, sempre quieta e em silêncio, o trilho da água no deserto, encontrar o coração da madeira no centro da floresta. A senhora usou as técnicas: lápis de plombagina, cera, carvão e miolo de pão fresco para esbater as cores.

Conseguiu todos os negros do veludo, encontrou os peixes da origem, assistiu à passagem dos camelos e descobriu as histórias:

> "Surgem à sombra de Deus as falas inspiradas dos parentes inspiradas por um sonho, revelação, um alumbramento. Meu primo, como irmão, faz com que no meio da multidão nos possamos reconhecer pelas falas, pelas escritas e pelos desenhos das roupas da linhagem."

Depois, a senhora acendeu cada palavra à luz que lhe convinha, pálida e tímida como a chama da candeia de óleo de palma, doce e magoada como a fogueira da caça controlada, forte e terrível como o punhal sem bainha à procura de leito no peito dos irmãos.

Para algumas vozes foi necessário trabalhar o vidro. Soprou-o de mansinho, controlando o fogo, para que inchasse a sua dimensão mineral. Deixou que arrefecesse em estilhaços de cores que arrumou em vitral. Bordou as cicatrizes em ponto grosso e deixou que a superfície refletisse as curvas de repetição das palavras, dos sons e das vozes.

Agora trabalha noite e dia sem rede, afina os paus com que mexe o cesto. Tem uma luz espalhada na alma que, às vezes, empresta às palavras quando estas se repetem, são pouco polidas, ou aparecem nuas e ásperas como as sedes.

Descobriu o fio das vozes e não ilustra, ilumina com seus óleos de seda as palavras perdidas de tantas vozes em português e noutras línguas.

Ana Paula Tavares

"A liberdade não chegou a todos os sítios ao mesmo tempo."

A maldição do Kalahari

Ali começa o silêncio e a respiração de todas as ausências uma calma severa deitada por cima das pedras. Ali se despe o mundo de plumas e fantasias para deixar espaço ao oco do sonho e do sono. Cada porta pequena abre para uma duna diferente, sombra e areia que o tempo juntou. O mundo é um espaço vazio semeado de sopros onde a grande sede se instalou.

Ana Paula Tavares

Os das Nuvens

"Nuvem de pó, atrás tem bois."

Provérbio Nyaneka

A voz da avó chegava sempre com o frio e o anoitecer lenta, firme a contar histórias umas enroladas nas outras. As cores da voz da avó mudavam no encantamento de nos deixar perder numa natureza segunda do conto mas também da explicação das origens da terra e da separação desta do céu, do aparecimento de certos acidentes naturais, das constelações e outros fenômenos de estrelas e planetas criando para nós uma ordem do conhecimento onde a via láctea e saturno (o planeta das pulseiras) tinham um lugar uma teoria para tornar para nós habitável um mundo como um lugar de pertença onde sábias palavras nos ensinavam a espantar os medos do desconhecido.

O ato de contar tomava tempo para se ramificar em textos diversos, curtos, longos com uma moral ou um feixe de significados que nos ajudavam a tomar conta do eu enquanto os corpos nos cresciam sem remédio. A avó estava atenta e pronta a tomar de volta a história para a transformar e adoçar conforme a violência do medo de cada um. Assim nos introduziu nas falas de outros mundos sobrecarregadas com os sinais espetaculares das suas próprias fabricações. Assim nos ensinou o tempo, a serra e o mar. Um dia trouxe a Serra da Neve assim:

Há muito muito tempo vivia no lugar da Serra da Neve, entre os rios Coporolo e Bentiaba o povo das nuvens, literalmente chamados "os das nuvens em cima das cabeças" ou "os dos fumos" ou os "donos da chuva". Eram considerados felizes e quando as crianças nasciam antes ainda do nome de leite os mais velhos sábios eram chamados para dizer se era um cirro, um estrato, um cúmulo, um nimbo. Era um trabalho que requeria iniciação, grande sabedoria e conhecimento do sistema das nuvens inclusive das nuvens corredouras, e o das nuvens-lente dotadas de individualidade e movimento e de estruturas muito diferentes umas das outras. Nasceu um menino cirro, ou uma menina alto-cúmulos, ouvia-se dizer por entre suspiros da família próxima e outros parentes mais afastados. Cimentavam-se antigos laços de amizade entre os membros das nuvens superiores que alargavam os seus círculos de poder elegendo chefes e procurando apoio entre os membros do círculo das nuvens médias. Os das nuvens inferiores estavam sempre a trabalhar para evitar cair das nuvens, e controlar as nuvens diurnas de corrente ascendente.

Num dia de céu muito nublado, contava a avó usando a sua voz cheia de sombras, nasceu um menino sem nuvem entre as famílias das "nuvens médias". Vieram os sábios para adivinhar. O menino era perfeito e forte mas não tinha estrato, nem cúmulo, nem cirro, nem alto-cúmulo, nem nenhuma outra combinação. Estava limpo de nuvens e sorria. Os velhos decidiram expulsá-lo da comunidade, fazê-lo descer, com toda a família, da Serra da Neve, entre os rios Coporolo e Bentiaba para o mar. No sítio do povo das nuvens começou a chuva e foi tanta e durante tanto tempo que se gastaram os cúmulos, os cirros, os grandes estratos que chegaram em tempos idos a formar um espesso véu. Perderam as nuvens os homens e as mulheres dos fumos e as poucas massas de água que sobraram fugiram para a abóbada celeste para longe dos homens que assim perderam para sempre a capacidade de controlar o estado do céu, o sistema das nuvens e o controle de chuva. Assim todos os anos imploram os homens para que venham as chuvas gordas e fartas para que a terra possa dar o grão e as rãs, alimento e paz. Nem sempre chegam as nuvens, dizia a avó, porque o menino sem nuvem, dono do deserto, dividiu o ano em duas partes: cacimbo e época das chuvas e só a sua palavra convoca a chuva boa e doce nos anos em que aparece.

Ana de Amsterdã

Toda a gente tem uma história para contar ou até duas. No meio do nada surge um papel velho, uma memória, um súbito olhar entristecido as cicatrizes.

Um caminho velho pisado por pés grandes demais alisa-se como a vida e o sentido da palavra alarga-se para deixar passar o passado, uma memória perdida o coração do tempo que já não bate mas respira. Ana de Amsterdã, Napalavra para alguns traduzia para nós esse vasto sistema de formas a que cada história obedece.

Em 1918 os ratos nasciam da terra como os dias e as noites comendo o capim antes dele se tornar visível para todos os outros viventes. A terra fechou-se num silêncio de vidro moído pelo tasquinhar dos ratos. Os homens construíram casas usando como matéria a sua própria saliva, domesticaram serpentes que foram devoradas pelos ratos e pela inércia. As mulheres passaram a ter os filhos suspensas no ar da sua própria dor. Depressa esqueceram as palavras à força de colar pedaços depois de roídos. Cada homem cada mulher guardou na memória apenas um número restrito de palavras e sons fundamentais para a sobrevivência. Construir muros de sal tornou-se na única tarefa possível. As crianças aprendiam a fugir antes de tudo e por isso foram ganhando asas. As sobreviventes ficaram com os olhos claros permanentemente cheios de lágrimas e os cabelos amarelos da doença.

Ana fazia parte de nós próprios muito para lá de nós. Com ela entramos e saímos de Deus. Conduziu-nos a infância pela rua à solta longe da vigilância dos outros. Nela depositei o espanto de umas primeiras calças sujas de um sangue inexplicável "Ana vou morrer de mim...!" e consegui acesso a um estranho ritual, cujos contornos reais se perderam para sempre, mas do qual recordo a importância de partilhar segredos e de ser iniciada nas definitivas cores da vida e da morte. Acolheu-me com palavras doces e, enquanto ria dizia, como se falasse para si própria:

– Hoje acabou de nascer a tua árvore sombra, o pedaço de terra que terás de plantar e que dividido por dois é quase do tamanho do pouco chão de que precisarás para morrer. Ainda não descobri se árvore súbita e morte sombra se vida súbita e árvore sombra. De qualquer forma pisarás com força os muitos trilhos da vida de pouca sorte que te espera.

Levou-me, depois, para uma casa azul (até aí a casa da velha Felícia, casa de fantasmas, bruxas e curas de mau-olhado com que nos atormentavam a hora da sopa e de dormir) e nessa hora o sítio onde me sentou no chão desenhando, com pemba, um círculo branco à volta e preparou com cuidado o mel para me untar o corpo (por isso quando me encontro em circunstâncias difíceis imagino sempre o risco branco à volta e o cheiro de mel selvagem a perfumar o pouco ar que consigo respirar), enquanto murmurava preces aos deuses conhecidos e por conhecer, misturando orações e receitas antigas. As mãos trabalhavam as contas da sua pequena "máquina do tempo" feita de miçangas "Maria Segunda" gastas pela passagem dos dedos.

Recuou no tempo lembrando todas as origens. Bordou-me pacientemente o corpo. Invocou Melulo, a das tranças, filha e irmã de chefe, Nehova a dos espíritos, morta antes da hora, pairando entre os tempos com a sua cara de jovem eterna, o penteado de miçangas antes de efiko, Beatriz a avó mais próxima, senhora de nada a não ser do seu orgulho, filha/sobrinha do guardador das portas do Kalahari. A maldição do Kalahari e das suas sete portas fará parte de ti e nunca esqueças as palavras. Ananapalavra para alguns, era na verdade a nossa voz e foi difícil perdê-la. Resta-nos a maldição do Kalahari e algumas portas por atravessar.

Ana Paula Tavares

As duas faces de Rwej an Kond

> "A máscara tem duas faces: uma para o chefe, outra para o povo."
> Explicação de SamuKinji, autor de *As duas faces de Rwej an Kond*.

Tornada Luéji pelos ambaquistas, esta princesa lunda (aruwund) ousou casar-se com Cibind Yirung (também chamado pelos ambaquistas Cibinda Ilunga), o estrangeiro, príncipe luba e portador da etiqueta real e de toda a sofisticação cultural que tornaria o reino e a sociedade lunda uma das mais complexas da antiga África Central. As duas personagens habitam os mitos e a história, a fundação da realeza sagrada, a fuga dos principais chefes e a travessia dos rios, a fundação de outros reinos e complexas sociedades que os historiadores tentam descobrir. É assim uma história de amor que está na origem da criação e desenvolvimento de estados, locais de pertença, estruturas de parentesco, organização de exércitos, migrações, transformação e transfiguração do poder.

Reza a tradição oral cedo fixada pelos ambaquistas, que a escreveram e contaram a quem sabia escrever, que um grande chefe Nkond deixara o seu poder, com a concordância de seus ilustres pares, a uma de suas filhas, a bem comportada Rwej (ou Luéji), conhecedora da tradição, confiando-lhe o rukan (lukano para os ambaquistas) o bracelete sagrado símbolo de toda a sabedoria lunda e do poder dos ancestrais. A vida decorreu sem sobressaltos para o povo das Lundas até à chegada de um caçador luba, Cibind Yrung, entre todos o mais belo, com as suas tranças longas, seu porte elegante e pés perfeitos. Conhecedor dos mistérios do fogo e do ferro, cedo encantou Rwej com as suas maneiras finas e com presentes e palavras de amor numa língua doce e antiga como a língua das origens. Rwej recolheu o seu amado nos aposentos reais e adotou a etiqueta, deixando que comesse longe do olhar dos outros para que nada contaminasse a vida do seu príncipe e senhor dos seus dias a partir dali. Confiou-lhe mesmo o bracelete sagrado nos dias em que, para cumprir os interditos, tinha que afastar-se do centro e resguardar-se do mundo.

Reza também a crônica que Rwej era estéril e que chamou a mais bela das amilombes, Kamong (sua escrava e sua irmã, prima, diziam os ambaquistas), para que fosse lunda o ventre que iria conceber o fundador do império Yav (o primeiro). Assim, entre tradição e modernidade se construiu uma nova sociedade onde a unidade dos opostos (lunda e luba) se instituiu como garante de uma nova ordem resultante da combinação dos princípios dos atubung (os ancestrais lunda) com a fecundidade e a inovação trazida por Ilunga e sua nova ordenação do cosmos. Uma história de amor resume assim todas as variáveis que iluminam o pensamento simbólico de várias sociedades da África Central que procuram entre passado e futuro (as duas faces de Rwej) encontrar equilíbrios perpetuando títulos, relações de parentesco, insígnias que apaziguam as relações entre ascendentes e descendentes entre as origens e a modernidade, para que a luz possa emergir de Kasal Katok (a casa redonda ou a gruta inicial, mas também a pena branca e a luz) e ser o garante da paz e do amor. E porque é crença dos lunda e de outros povos vizinhos que tudo envelhece (títulos, honrarias, chefes, ideias) só o amor triunfa e fica.

NB – A crônica é tributária dos ensinamentos de Henrique de Carvalho, Marie-Louise Bastin, Luc d'Heusch, M. A. Jordan, Manuela Palmeirim e informantes ambaquistas e cokwe.

Ana Paula Tavares

As formigas

"A formiguinha do mel não atravessa o rio a salto."

Provérbio Nyaneka

Trabalham há mais de cem milhões de anos no calor, no frio, na tempestade. Sabem da ciência da terra mais do que todos os outros habitantes deste universo e assim constroem túneis, pontes e estradas, muros a uma escala maior do que o seu pequeno tamanho e ainda a propor o labirinto sem se desviarem nem um milímetro de seu propósito inicial: sobreviver na árvore da vida. Da sua natureza é preciso que se diga e reporte que: andam no chão e não vencem nunca a sinfonia das cigarras (coros, orquestra e canto desastrado por vezes triste). É que há que desconfiar dessa tremenda alegria das cigarras e sobretudo das histórias que misturam esses personagens da teoria do trabalho e da preguiça. Não dá para acreditar também que as formigas se aproveitem só do seu tamanho para combinar gravidade e força para se transformarem em carregadores de pesos várias vezes maiores do que elas próprias. É verdade, não tecem as teias firmes das aranhas, nem precisam de procurar o pólen para o milagre da cera e do mel, mas conhecem as fórmulas matemáticas que lhes permitem, sem dormir, construir os mais altos e sólidos monumentos da chana, às vezes confundidos com obras da natureza como as dunas ou os insólitos e solitários morros de granito que povoam a chana e a sua periferia. São morros feitos com a sua própria essência, matéria do chão e ácidos, cheios de galerias, lagos de feromonas, lugares para o celeiro, palácio de rainha, quartel dos soldados e acampamentos de formigas exploradoras. Da sua consistência diziam os antigos ser tão densa que podia macadamizar os caminhos dos homens, tornando-os lidos e fáceis para as carretas, os carros e os caminhões. São sobreviventes de todas as guerras, terremotos, furacões e outras doenças da terra. Parecem mulheres, na forma como trabalham sem descanso, sem dormir, passando umas às outras remédios, sabedoria e orientação. São as autoras dos locais secretos onde dormem os deuses e dos quais dizem os Herero "quem sobe não volta" Kane-Wia, o morro dos morros que fica no Namibe, longe de tudo a não ser das curiosas suricatas e de uma longínqua *weliwítschia* (o nosso ornitorrinco, como disse Darwin, o homem que sabia tudo sobre a origem das espécies e mesmo assim não se decidiu sobre se a nossa era planta ou bicho). Kane-Wia está seguro pelo cimento das formigas e não autoriza passagem nem de homem nem de mulher nem de bicho porque "quem sobe não volta", dizem os Kuvale e são eles que sabem da floresta, dos bois, das exatas curvas do vento e das formigas. Dizem: "a formiguinha do mel manda no elefante".

Ana Paula Tavares

As minhas pedras

> "Todas as palavras, lata, pedra, rosa, sapo, nuvem, podem ser matéria de poesia. Só que as palavras assim em estado de dicionário não trazem a poesia ou a anti-poesia nelas inerentes..."
> Manoel de Barros

Houve um tempo em que a desordem e a ausência instituiu nas nossas vidas outros sentidos que não os que rotinas mais recentes haviam criado. O esforço de existir passou por um aprendizado onde antigas instâncias de saber foram recuperadas e a memória tomou-nos a mão e a desmesura num tempo de devoração e de cansaço. Uma nova relação com o passado foi criada, sendo o esforço de existir mimado a cada hora como as mãos da tecedora mimam os episódios da criação do mundo. A demanda da água, a procura da carne e da farinha consumia horas e horas e exigia informação especializada, linguagem de código "tá a sair carne no talho do povo para todos" antenas bem dirigidas e prontas a converter palavras em sonhos de comida, lugares de irradiação, terminais. O cheiro apurou-se e tomou conta das nossas cabeças frágeis, sempre a farejar a esperança do pão, do peixe, de um frango. A certa altura invertemos o processo da "revolução industrial", transformando em pão alguns quilos de espaguete importado e que chegou à casa de todos. Algo nos dizia que "demolhar" a massa, passar-lhe as mãos, enformá-la e submetê-la às regras simples do fogo nos traria pão para iluminar a mesa. Tudo isso acontecia muito raramente porque o normal era a falta e as tentativas para esquecer antigos aprendizados. Por exemplo, a carne de vaca e as suas multiplicadas variedades, cada uma para um cozinhado específico: ganso para assar, vazia para os bifes de domingo, lombo para criações mais apuradas e ainda o acém, a falda, o osso buco, a mão de vaca. Queríamos então e só carne de vaca ou de outro bicho comestível desde que nos antigos espaços circulares havíamos aprendido a domesticar, criar, aproveitar.

Os peixes tinham migrado para mares distantes e só nas revistas antigas encontrávamos pargo, garoupa, pescada do cabo, cherne e outros peixes comestíveis de sabor raro e sempre presentes "no antigamente na vida". Ficou o carapau, nosso amigo íntimo acompanhado de seu inseparável (à época) peixe-espada, "cinto das FAPLA", para os cultores de uma língua mistura de português e língua de fora, da rua e do engenho de falar e arrancar às palavras sentidos duplos e cúmplices do riso interior dos dias e das noites. Outras invenções para espantar a fome tinham a ver com o uso e abuso dos temperos gindungo e óleo de palma, substância e essência dos pratos dos nossos quotidianos.

Foi então que descobrimos, usamos e nos tornamos pedras. Tornaram-se pedras de toque de um tempo maior que o nosso tempo, cristais escondidos no granito áspero das noites, rosas do deserto de todas as circunstâncias. Conseguir comer era longo e difícil e não para todos os dias. Implicava espera, longas bichas (ainda não se dizia fila) que tinham que ser interrompidas depois do recolher obrigatório (entre a meia-noite e as cinco da manhã). O nosso lugar, conquistado com paciência e alguma força, tinha que ser guardado. Sabíamos das pedras que cada uma é única, esquecemos as formas que tinham, o corte que as moldava ou a intensidade do brilho. No nosso lugar e no sistema das bichas a pedra era o nosso eu, sinônimo, significado e significante. Sabíamos que no dia seguinte ela estaria lá, naquele universo de luta, marcando-nos o lugar na bicha de "onde estivesse a sair qualquer coisa". Todos participavam de forma cúmplice deste estranho sentido da pedra: o lugar, o universo, o próprio.

Ana Paula Tavares

As nossas muitas mortes

"Devíamos conhecer o arco-íris antes que quebrasse."
"O Céu está cheio de carapaças de tartaruga."

Palavras de Nguinde Guinde

Diziam os mais velhos da Kibala e regiões circunvizinhas, que num daqueles lugares próximos e tão parecido com o paraíso que os livros novos trouxeram e espalharam, houve um chefe, um tão grande chefe que decidiu organizar a vida e a morte de todos os parentes e relativos, dos descendentes e os adotados. O chefe, diziam, olhava os rios com a mesma atenção com que pressentia a gota de água na hora das sementeiras. Possuía a chave de mais de mil provérbios, a memória de todos os *misoso* mais antigos, uma coleção estranha de poemas para morrer e outra quase igual de palavras para viver. É comum, naquela região, homens, mulheres e crianças referirem um chefe que se preocupou toda a vida em juntar as pedras mais afeiçoadas do granito da noite para construir um túmulo onde pudesse ficar depois da sua morte. Fez planos para essa morada, discutiu com os arquitetos do lugar o número de divisões, os corredores de ligação e outro a todo o comprimento que escoasse a água e impedisse de ruir, sua casa de repouso e trabalho. Deixou no túmulo um lugar para a palavra e a divisão dos foles de ferreiro, sua sempre profissão, forma de vida, iniciação.

Para o grande chefe (e isto ainda são palavras dos mais velhos) a unidade entre a vida e a morte fazia um sentido que era preciso encontrar ainda em vida, nomear, preparar, pois para ele, cada morte era uma morte diferente, que mudava a sociedade inteira, seus espaços, os comuns e os reservados e valia por si e pelos outros. Assim, soberano da vida, o chefe apropriou-se da morte, da sua em especial, não deixando nada por fazer ou dizer, nem para os membros da comunidade, nem para os seus filhos diretos e adotados livres e escravos. Uma teoria do sujeito e das capacidades e pluralidade dos sentidos que lhes estão associados permitiu ao chefe criar a corte, a etiqueta, o cerimonial, recuperar tabus e interditos e deixar os "lugares de memória" para certos sábios nascidos a norte e sem nada para fazer. O chefe, mas não esqueçam que isto dizem os mais velhos da Kibala e regiões circunvizinhas, não queria que ainda antes da sua morte, passasse sem o saber à condição de morto, esquecido por todos. O chefe era como um grande rio: gostava de receber em si as águas de todos os rios pequenos. Assim deixou, segundo os velhos, o seu túmulo nos limites da aldeia, no centro dos caminhos ao pé da água. Queria celebrar o princípio do mundo e o sentido da pedra em todas as suas formações, quartzo, feldspato e mica, graus de dureza por avaliar, resistência à erosão, futuro e orientação a sul. Chamou mulheres que as suas mãos suavizaram a terra para ser suporte e caminho de volta, aproximação entre vivos e mortos e técnicas novas. Ouviu os velhos para que tudo batesse certo, sistemas de pensamento, máximas, preceitos, representações e cuidou das ligações a estabelecer entre tetos, falsas abóbadas, travagem das pedras e ornamentação em espinha de peixe.

A aproximação entre vivos e mortos ficou para sempre estabelecida nas diferenças entre quarto, sala de visitas, lugar dos *minkisi*, câmara do soba grande, lugar dos sagrados óleos e pigmentos, portas de entrada e de saída, corredor da água e lugar de ver a lua. Descobriu os véus de apaziguamento entre mortos e vivos e desaparecidos para serem sempre conduzidos aos lugares da origem, por todos os caminhos seguindo os sinais. Para o chefe, sempre afirmaram os mais velhos, a morte não era estranha, nem feia, nem maldita. Por isso a sua casa-túmulo voltou a ser Nzo (a primeira casa do primeiro mundo), a casa do silêncio e das vozes, sítio de ficar, lugar para a eternidade.

O chefe Nguinde Guinde esqueceu-se, dizem os velhos, de pensar no mar.

Ana Paula Tavares

Cadernos de deve e haver

Livros de contas com capa dura e folhas numeradas à mão com colunas para o dever e o haver serviam de assento à vida diária das pessoas no mato, no bairro e na cidade. As folhas amareleciam com a passagem do tempo mas as contas ficavam e as dívidas cresciam com pequenos bilhetes guardados ciosamente (um pacote de feijão, uma medida de açúcar e o garrafão de vinho). O dono da loja ou o comerciante do mato controlava toda a vida dos vizinhos e de todos que ali recorriam pois o dinheiro se chegava era só ao fim do mês sempre curto e impossível de esticar. Tudo na loja carecia de rigor pois o metro de tecido medido e cortado no balcão com um gesto rápido e impossível de acompanhar a olho nu era sempre menos assim como as garrafas de medida de fundo falso e grosso e as mil formas de disfarçar a água no vinho milagre antigo e repetido com a bênção do senhor. Só o caderno se mantinha mesmo com as costuras à mostra como prova provada das dívidas por vencer e do imenso poder que o dono da loja e dos segredos do sítio tinha e usava ciente que a sua reserva de segredos minuciosamente apontada no livro servia de garante e podia ser usada com eficácia para calar as bocas ácidas das vizinhas, as ameaças de pancada dos maridos e para ir ficando com os bois dos donos dos bois que não conseguiam pagar panos, cobertores e vinho. O lápis curto e afiado descia da orelha para traçar lentamente no papel mais uma nota de dívida e o seu aumento se para pagar se ultrapassavam os prazos.

Um rio preso nas mãos

Cor crua em tinta pura

Para o João Nuno Alçada, amigo de Bertina

Chamei-vos para comigo contarem os dedos que extraem do barro antiquíssimas raízes e as espalham pelo rosto e corpo desde o princípio do mundo e das espécies. De todos nós esteve próxima do mar onde nasce a vida e onde os seres aprenderam a respiração em pequenos haustos. Conheceu antes de nós a mágica ilha e suas pontas de nácar seguras na mão de deus e também as gentes simples que a habitam e navegam barcos, trocam panos, ceiras de palma e perfumes em garrafas de talha vidrada. Tudo isso a senhora percebeu o que era uma ilha perdida no Índico e ali decidiu fazer seu ritual de passagem e aprendizado com exercícios difíceis da dor e sacrifício sabendo que aos escolhidos está reservada a severa sacralização da vida. Todos os tabus lhe foram revelados enquanto enchia de lama branca o rosto escuro e belo iluminado por dois grandes olhos castanhos cheios de luz. A senhora recebeu a sua condição de mulher e ser humano e um pouco mais a natureza dos espíritos: ntu e suku vida e morte. Ainda vou dizer (atrevo-me a dizer) que se cada um de nós recebe uma vida e a pode usar em graus diferentes, para Bertina ficou a possibilidade infinita de multiplicar a vida em curvas divisíveis e outras indivisíveis. Não deixem por isso de olhar uma vez e ainda outra todos os quadros que criou para nós em Moçambique e mundo afora. Levou na sua taça herdada um pouco da água da ilha e se manteve assim filha de um só lugar mas capaz de ler os outros e captar a luz mesmo rarefeita.

Chamei-vos para lembrar que a senhora viajou e foi deixando na pintura as marcas cruzadas da linhagem de que era garante e suporte como a mulher do grande rio a que suporta as metades do mundo e as reparte pela vida fazendo luz sobre a esteira, brilho sobre o pano e sabendo, sabendo sempre que os verdadeiros pássaros voam dentro de nós. A esse milagre quero que voltem e abram a boca de espanto e espalhem a notícia para que o manto tentador e caricioso do esquecimento não caia lentamente sobre a vida que ela criou. Bertina, a da raiz antiquíssima e do choro calado nos olhos pintados de Kohl e muitas cores, liberta da casa e da horta para nos poder dar o rosto e inscrevê-lo no lado oculto da tela rasgada de estrelas e contar-nos o dia em que se foi pelo barro para o amassar e dar forma e vida em fornos antigos e fogo controlado. É dela a descoberta do bronze. E a forma como inaugurou uma idade nova com a prima matéria moçambicana na arte do mundo em que vivemos. Misturou estanho e cobre à terra dos antigos e conseguiu liga fina à maneira da prata e do bordado. Depois devolveu-nos os rostos fortes de bronze onde nos vemos ao espelho. Nosso duplo, Bertina.

Dentes de lobo

A mesa dos miúdos só tinha direito a toalha de plástico e severos pratos de esmalte azuis e brancos, um garfo e uma colher perfilados e copos de folha de zinco das antigas viagens do pai.

Antes de sentar as mãos eram lavadas na bacia do quintal com água fria da vala que corria perto. Era uma coisa boa que a cascata, antes de se perder entre as montanhas, deixasse alguns bracitos correr pela terra do chão da nossa aldeia. Ao contrário da mesa, a vala era farta de animais e plantas. Em alguns sítios crescia mesmo o agrião que a avó mandava colher em certos dias para a sopa e certas mezinhas e encantamentos.

Era importante a sopa, porque a fome dos miúdos era grande e os miúdos eram muitos e a comida pouca. A avó percebeu isso muito cedo e por isso logo de manhã ao lado do fogo sagrado, a fogueira da cozinha era também acesa, e uma grande panela com água, suspensa por cima. Demorava muito a ferver, mas assim que a água se erguia em cachão a avó e as tias iam deitando lá para dentro tudo o que o chão da horta dava: batata reina, batata-doce, abóbora, feijão, milho fresco e flocos de aveia. Depois as couves cortadas à faca em golpes muito rápidos. Às vezes em vez da couve iam folhas de gimboa. As mãos das mulheres estavam treinadas e preparavam ao mesmo tempo a sopa dos miúdos e a comida dos porcos. Os porcos eram os únicos animais que comiam tanto como nós. Cada miúdo tinha direito a um prato grande daquela sopa, entretanto apurada em horas de lento ferver. Só depois da sopa se comia o pirão e o lombi com um vago molho que sabia a carne de animal sacrificado ao sábado para durar toda a semana. A Avó era especialista em arranjar soluções para a fome (arroz doce sem ovos – os ovos da casa tinham outras aplicações – funje com molho sabe-se-lá-de-quê, farinha de pau com canela e açúcar) mas a fome estava sempre presente. Parecem "os da fome", dizia a avó, "sim, parecem os de *Ehulu*", dizia o Muvi.

Depois de comer partíamos em busca de tudo o que o mato nos podia dar: amoras, maboques, mirangolos. Pequenos pássaros distraídos também dava, quando tínhamos xifuta ou visgo. Depois de os assar lembrávamos os nomes, pardal, bico-de-lacre, rola. Ganhava quem soubesse mais nomes de pássaros. Quando apanhávamos capotas, ou perdizes levávamos à avó e íamos todo o caminho a cantar, que era outro truque para espantar a fome.

O mato podia ser substituído pela despensa da avó: quando ela ia à cidade, quando uma das tias, ou alguém da aldeia, dava à luz e então, à vontade, podíamos comer pão com azeite doce, ou pão com açúcar, beber água do moringue.

A nossa fome era antiga, fazia espelho nos olhos da mãe, sempre acuada, sempre grávida, sempre triste "com um filho à frente e outro atrás", dizia o pai nos dias do vinho.

A curva da tarde surpreendia-nos ainda em tarefas de recoleção a que a avó e o Amboal punham cobro com um banho de celha, sabão azul e carolo de milho. Depois de untados com o creme que a mãe fazia (cera de abelhas, aloés e vaselina pura) por causa do cieiro, perfilávamo-nos outra vez diante da sopa, a mesma do almoço engrossada com farinha de milho.

Os domingos eram melhores já porque, logo de manhã, ao mata-bicho, uma ração de leite era temperada com o café desdobrado do avô e mais uma colher de açúcar mascavado. Depois durante o dia sempre cheirava a comida e a avó colocava colheres de massa nas formas em harmônio, que uma vez entradas no forno de lenha do quintal deixavam crescer bolos em forma de presas – os dentes de lobo da nossa consolação.

Errâncias

A mãe abriu a porta da casa grande e passeou pelos quartos a pá em fumo de alecrim, açúcar, eucalipto takula em pó e gotas espessas dos óleos dos frascos da avó. Toca a casa respirava um cheiro manso de começo quando a mãe mandou que varrêssemos o terreiro com vassouras de mateba e o tornássemos macio com os pés até que tudo (folha, capim, casca, pedra) se tornasse liso e pronto para os que haviam de chegar. A mãe falou no poder das chaves e ordenou que as puséssemos por ordem para que fosse fácil abrir o caminho da água, do fogo e o atalho dos silos onde dormia em descanso a massambala. Os segredos mais guardados que pendiam sobre a aldeia foram de súbito iluminados com o sentido que justificava a sua presença e podiam ser lidos decifrados por nós e pelos outros nos seus apareceres de línguas estranhas e mistério. A mãe vestiu as roupas dos dias de festa e abriu as arcas, ficou maior e fez coincidir as duas faces da máscara das origens. Nada podia determinar a desordem nem o medo porque os que haviam de chegar com suas sandálias rotas e olhos rasos de sede não traziam o perigo, mas vidas antigas para partilhar. Por isso para eles seria a nossa cesta e a nossa arca e o sorriso absoluto de boas vindas. A mãe foi buscar as palavras da avó que guardava para si, há muitos anos, e desdobrou-as para nós grande milagre a falar de um tempo em que tínhamos descido montes, vales, leitos de rios secos à procura de gente como nós e todas as portas se fecharam apesar de levarmos ouro e prata, peles curtidas de bois sagrados e sandálias novas. Mandaram-nos embora e escolheram de nós os sábios, as crianças e as mulheres para trabalhar. Só o mal, dizia a mãe, nas palavras antigas da avó, divide e não partilha, só o mal exclui e marca como se nem todos os cansados precisassem de descanso. Escolheram de nós os que eram úteis para que a terra deles ficasse nova. Ficaram os ferreiros e os guardadores do gado, as mulheres novas e algumas crianças. Assim nos dividiram para sempre e levaram para fazer fortes as terras deles, os filhos dos filhos deles e as colheitas. Assim falou a mãe e as palavras pareciam fraturadas de uma dor antiga com uma grande cicatriz de cujos bordos se cimentaram identidades mas nunca o núcleo antigo de uma origem que foi a mãe da própria origem. Por isso, filhos, a mãe falou de novo vamos abrir as mãos lavadas para receber toda a gente. E que fiquem aqui conosco a partilhar um chão que também recebemos e o cheiro do mar que fica tão longe que não perturba porque dar é como a água que se bebe: não tem cheiro, nem cor, nem pesa muito e mata a sede e a doença enquanto as nuvens se alinham em sombra conhecida e o sol doura o milho e afasta as moscas e as pragas maiores. Assim falou a mãe diante do silêncio dos mais velhos que esconderam a vergonha em longos copos de marufo e tentaram ler maus presságios nos sopros apressados do cachimbo. A mãe não teve medo e foi buscar as panelas antigas das festas e juntou-nos para que multiplicássemos o fogo para aumentar a comida e as roupas e as sandálias para acolher todos e não excluir ninguém. A mãe falou muito e disse mesmo agora não vale o céu porque lá não cresce capim, o que vale é o sítio onde podemos comer e reconhecer tudo o que nos foi dado e tudo o que ainda havemos de fazer. A chuva chegou ligeira quando a mãe parou de falar: migrantes? Refugiados? Não, disse a mãe, gente perdida de si, cansada e à procura de pão.

Famílias

Minha mãe, a descendente direta da linhagem da serpente, sua filha e sua mãe, trocou-me a pele na hora em que nasci, morrendo por mim nesse ano dos ratos, preparou-me para mudar de pele a cada ano, em véspera da última lua cheia. Assim passei a sentir sempre quando me instalo a arder entre a tarde e a noite e sou, por um instante, não mais que um breve instante o sol incandescente antes do gelo da noite lunar onde me deito para crescer o meu destino de vaca perdida a todos os sons da noite à espera, cansadamente à espera da luz do dia.

Matilde com a sua história pequena porque a grande era impossível de contar "depois de tempos maus, seguem-se piores" dizia enquanto preparava a fórmula do unguento para aliviar os pés e o coração, fórmula que guardava inscrita na pequena placa de cobre que mantinha sempre na boca, Ongowela, coisa para homens. Durante muito tempo estive convencida que ela tinha uma língua de metal, um metal muito breve e escuro, que não era prata que talvez não fosse nada. Cheguei a inventar uma canção para Matilde:

> Língua de prata
> Língua de metal
> A língua da Matilde
> arde e às vezes cura!

Ainda uso esta lengalenga quando me dói por dentro. No dia em que morreu deixou-me esse pequeno objeto em folha de loureiro que tornava a sua voz como que partida ao meio a murmurar pequenas preces ditas pela metade e nunca terminadas enquanto passeava a casa de folhas de eucalipto e alecrim a arder num cheiro de açúcar e água selvagem:

Dois olhos maus te deitaram quebranto
três olhos bons to tirarão
o senhor e a senhora
e o batista S. João

Corri a escondê-lo no fundo do jardim debaixo da laranjeira azeda, a árvore dos anéis, que todos odiavam e se tinha tornado desde há uns tempos o meu jardim secreto, minha árvore de preguiça e conhecimento do corpo onde amadurecia o tempo a aprendia a amar. Do objeto de cobre envelhecido copiei apenas a inscrição que na altura não percebi. A partir desse momento passei a usar o local com menos frequência, crime e criminosa tudo junto, vozes em volta de um sonho que se repete, me gela as veias, cria à minha volta um suor de geleia que me jiboia o corpo e me entontece. Logo a dança começa pés e corpo num ritmo que não controlo até à loucura.

Mais tarde, muito mais tarde, quando já não havia remédio, descobri que a fórmula inscrita naquela folha de cobre era a receita antiga do descanso, a própria linguagem do amor misturada com algumas formas de interpelar deus. Era tudo construído a partir do desenho da pequena pista do antílope, aumentado com trinta e dois sinais e muitas linhas curvas entrelaçadas. Quando já não havia remédio, debaixo da mesma árvore, olhava o corpo enforcado do Cambuta, e as suas mãos abertas cheias de ar e de nada, dolorosamente abertas no meio do meu grito. Por causa do Cambuta os olhos da madrinha ficaram, pela primeira vez, da cor do medo e os polícias pela casa fora e cálices de vinho do porto e fatias de pão de ló e logo um silêncio áspero por sobre as pazadas de terra em cima da caixa de madeira onde puseram o Cambuta, na vala comum longe dos solos sagrados a que pertencia e que ninguém conhecia ou de que ninguém se importou. Ficou a laranjeira, mais feia, mais retorcida com laranjas tão amargas que só eu as conseguia comer. Antes de escolher a árvore para se pendurar, o Cambuta costumava ficar da cor da terra e contar estrelas "só vou ficar contente quando conseguir apanhar capim no céu".

Percebi que Matilde, ao passar para mãos profanas, a sua língua de metal, o pedaço mais querido de seu corpo, o instrumento da sua voz e letra original, deixava em mim a filha, que seu útero murcho de ervas e afeto, não tinha produzido. Percebi que Matilde, em minha defesa, me tinha adotado para abrir um outro lado à sua linhagem lateral, aquele que a adoção de uma estrangeira, mestiça de vários sangues, nem todos bons, podia permitir. A laranjeira foi o pretexto, era outra a minha árvore sombra.

O enterro da placa de metal e a partir desse dia de todas as vontades de matar, dos desejos de mortes anunciadas e que nunca aconteciam passou a ser prática de assassino que esconde seu pensamento de crime e o enterra em terra solta com a vaga esperança que se solte e cumpra finalmente o destino. Pacientemente foi construindo o meu feitiço de pregos privado, escurecido pelo uso. Foi assim padrinho que morreste com um prego comprido penetrando-te a carne velha na noite na mesma noite em que meu corpo foi obrigado a jorrar sangue um rio todo inteiro de um interior que eu nem sabia que tinha madrinha juro que não fui eu e o corpo pesado a despenhar-se caindo fundo a meus pés, madrinha não tive culpa e os olhos de gelo sempre disse que esta miúda nos modificaria a vida com o seu sangue a ferver e a falta de lágrimas.

Sempre disse que o destino dessa miúda era pôr de fora os grandes segredos dos nossos armários. Pudesse eu furar-lhe a pele de serpente e interromper a tempo esta promessa de inferno que a sua figura de especiarias prometia. Vaso de canela, retorcida e acre como gengibre, sempre me meteram medo os olhos cor de nada transparentes capazes de ganhar a cor de todas as cores, olhos de velha implantados em cara de menina.

Pensar que a tive nas mãos e lhe descobri a estrela de vaca na testa no momento em que nasceu. Pensar que tudo podia ter terminado aí.

Aprendi desde esse dia a beber veneno e a mastigar papel enchendo a boca de terra para não gritar. Ficar calada horas de olhos abertos sem me mover a alma com vida própria por dentro aos pulos chuva em telhado de zinco velho. Lavar as mãos ao infinito para limpar as marcas de sangue sem conseguir, expor o corpo ao vento e deixá-lo enfunar-se como vela de seda parada no meio da tarde atraindo os pássaros em vez de os espantar.

Umidade

A gota d'água
Como a aranha sol se volta sobre si própria no deserto e tece a teia para guardar um pingo de água que a manhã soltou assim as mãos gretadas e em sangue recolhem ávidas da sombra do cacimbo seu avesso molhado. No interior das casas o tempo arde e o calor brilha.

Há séculos que não chove, não há música no telhado nem pingam gatos arrepiados de frio. Tudo está saturado de calor e seca.

Uma mulher antiga tem um rio preso nas mãos e guarda-o como a aranha do deserto a sua preciosa gota.

Ana Paula Tavares

Jacarandá Blues

Abdulah Ibraim descobriu o teu lado sombrio, oh árvore tua completa impossibilidade de azul no roxo da tua essência quando te chamou o sítio do cheiro, a casa das flores e dos gafanhotos. Passou para lá da tua, oh árvore, inquieta floração para nomear a melancolia da tua nudez exposta e nua quando em Setembro invades todos os vazios de Pretória para fazer luz do espaço que te circunda e confunde os homens e os bichos. A ideia da paisagem determina os significados dos sítios adultos e resistentes às secas onde as pessoas se perdem e respiram a intimidade do espaço que conhecem e respeitam. Ele, o pianista e poeta sabia que algumas histórias não querem ser contadas e não obedecem a nenhuma ordem e recusam as formas simples das palavras e então sentou-se ao piano até que os dedos tirassem de todas as notas o cheiro do perfume raro, os anéis rosa da madeira, oh árvore, o princípio e o fim da tua viagem, da tua longa viagem por mares antigos e recentes, as almas dos antepassados que te habitam o chão que demarcaste e o outro à volta. Dentro de muros um homem ouvia a música do piano e sabia que era livre enquanto florias à solta, oh árvore, pelo mundo inteiro.

Ias conosco à escola, oh árvore, e nada sabíamos das fontes que te alimentavam, nem da família *mimosae* a que pertencias e que por zangas infinitas crispações de parentesco e outros ventos da história te tinhas espalhado semente do coração da América para todas as américas, Cuba e Hispaniola y compris, para o continente africano para a Austrália e o fim do mundo. Tua impossibilidade de vermelho vingou-se nos cambiantes de roxo das flores recompostas do rosa ao amarelo. Pau-santo te chamaram antigos e algumas mãos escravas que te escavaram o osso para fazer gavetas fundas de guardar segredos da terra e da paisagem. Jacarandás do campo, jacarandá branco, jacarandá bico de pato, jacarandá de espinho te chamam os que te olham uma vez por ano, oh árvore, quando ardes em flores e loucura breve. Da família das begoniáceas o fixes-te a multiplicação em mais de 34 espécies de que a língua portuguesa se apropriou para designar no Brasil as variadas designações que cada árvore exige. Resististe à poluição urbana e floresces, oh como floresces, todos os anos, sem pedir nada. Os índios chamavam-te árvore do cheiro e sabiam quanto da tua força era a paisagem na sua essência redonda e protetora: o poema descobriu-te, oh árvore, a tua impossibilidade do nada e de tudo.

O poema pronuncia-te lenta e exige as vogais abertas, chama pela história para se justificar em origens legitimidades e hierarquias. Lisboa, por exemplo, oh árvore, mudou de cor entre Maio e Junho e está agora azul como queria o poeta, porque estas árvores oriundas do Brasil e de outras regiões da América Latina, criaram ninho aqui e todos os anos por esta época pintam de azul a cidade branca a fazê-la sonhar outros sonhos, outros pássaros e outros cheiros. Existem mil para lavras que se associam para denunciar o nosso espanto, oh árvore, perante a violência do espetáculo: romance, conto, poema e teatro. A cidade curva o seu bojo para mostrar a exuberância das manchas violáceas, roxas em brasa absoluta.

Ana Paula Tavares

Jovens

"Os políticos jovens cantam outra música."
Papa Francisco

Toda a gente tem uma teoria sobre os jovens. Assim pensam os mestres na escola da Mukanda quando passam aos jovens o fio da meada dos mitos, fórmulas para ler a terra, os caminhos da água e a ideia de a guardar. Os mestres tentam com boas palavras passar aos iniciados as sandálias apertadas dos mesmos caminhos da vida e não se lembram que os atalhos exigem novas técnicas, outras proteções e também um pouco de coragem para seguir o trilho das centopeias ou os caminhos da lebre. Os mais velhos abrem, lentos, os livros da sabedoria que juntaram durante muitos anos, a coleção das plantas desde as origens, e espalham a sua crença feroz nos modelos (a centopeia tem cem pernas mas anda só por um caminho), esquecendo o desafio da carta e do envelope (mukanda, pois então) e as camadas que cobrem outras camadas e que o poder da virtude que tentam passar aos jovens (entre céu e chão) não faz sentido entre mestres de cachimbos acesos e olhos vidrados de marufo e hidromel. Nós sabemos, os mais velhos viajaram muito para chegar ali e ser escolhidos para juízes e mestres de quem começou a vida e já sofreu da fome e da doença e da pequena morte que visita os irmãos. Os mais velhos visitaram o mundo e sabem dos injustos, do terror, da tirania, do gosto acre e doce, do luxo e do excesso. No país da luz e do sol, nas altas montanhas e nas planícies por onde se acalmam os rios quando as margens os descomprimem, têm estes velhos conhecimento do bem e do mal (verdade, justiça). Querem que os mais novos sigam os seus passos e muitas vezes deles escondem o ambicioso que uma vez visitado pelo pássaro-do-mel não mais o deixou partir, cortando-lhe as asas e a vontade de voar e a forma de descobrir novas fontes do mel. Esqueceram os velhos que ali, na escola da Mukanda, se criam os laços de parentesco mais forte de gente que não quer as tábuas da salvação para si próprios, mas virar o mundo do avesso e continuar a saber nomear. Naquele ritual de passagem os jovens aprendem a ver o outro, a sobreviver no outro e a sabedoria aprendida serve-lhes sobretudo para a construção da insatisfação e transformar a vulnerabilidade em força para "cantar a outra música" e não mostrar o peito à pedra para além do que é preciso. Os mapas e a ideia de virtude podem ser ditos por outras palavras, porque se o nariz comprido é sinônimo de diferença também pode ser igual a mentira, ilusão, e os jovens só querem as palavras da mudança, abre-te Sésamo já não chega para expulsar todos os ladrões do templo. Precisam que a palavra da pólis seja também a sua palavra a reconhecer um eu diferente, aquele que quer que o passado seja apenas um memorial de revisita e luta contra o esquecimento e que não volte de nenhuma forma com a sua máscara de modernidade e tirania.

    Na casa redonda as meninas ouvem as mais velhas e os seus segredos e capim e lágrimas. Aprendem as cores vibrantes da farinha e as mil voltas necessárias para que (farinha e água) brilhem na panela. Sabem da cor dos panos e de quantos partos se tem que morrer. Mas já não querem servir a um ou dois senhores, querem escola e trabalho e falar. Romper o silêncio das mais velhas, olhar o sol de frente e aprender a tocar uma música nova e distribuir o sal da terra em novas proporções. Toda a gente tem uma teoria sobre os jovens, mas é preciso aprender a ouvir.

Ana Paula Tavares

A crise

Dizem-me os mais velhos pastores que a crise é "uma reviravolta em algo que já estava a ceder". Para eles tudo tem um princípio, um meio, e um fim. A doença e a morte também. Tudo flui e segue o seu caminho como a centopeia com as suas cem patas e sempre no mesmo caminho. Crise é desvio no caminho eterno, feito piso pelos pés pequenos das mulheres e as corridas das crianças, crise é fazer juramento com as receitas e as palavras que pertencem às mulheres, é mostrar cabritos quando não há cabras no curral e andar de noite como quem vai ao mar e não pode comer peixe. A crise pode ser doença antiga que parece já passou e está a voltar, é mal de pássaro fora do ninho, é atirar um grito de pasmo a filho alheio enquanto o nosso passeia sem serviço ou ainda não escutar nunca as palavras do justo. Sempre falaram os mais velhos sobre a vaidade de quem mostra e a vaidade de quem esconde como se fosse uma guerra a nova guerra e não já aquelas guerras todas que vivemos do Cuamato aos Gambos nas serras de cima e debaixo, no centro e no norte e no leste, roda dos ventos. E nesse tempo, sim a crise não se mudava, nem com as chuvas, nem com a seca. Do chão brotava ódio semeado pelos donos das balas e nasciam bombas junto às flores e aos pastos. A nossa tragédia antiga não ia, ficava com as suas causas que demandavam outras causas e se alimentavam de gente como os espíritos da sombra que não conseguíamos aquietar. A vontade de poder dos que conseguiam rir estalava a nossa força comia os nossos ossos. E mesmo assim continuamos a tirar os bois todos os dias do curral a caminhar de um capim para o outro, a recusar o peixe fácil do rio e o outro seco que vinha do mar, a respeitar os interditos, enquanto nossas mulheres alimentavam os filhos e enterravam cada vez mais fundo as mãos no barro e na terra. Nada, nenhuma tragédia (e foram muitas) nos impediu de fazer em capim trançado o filtro do melhor macau. Nada nos impediu de partilhar a caneca com o irmão o mais forte ou o mais fraco que aparecia de noite com os olhos rasos de sede e os sonhos confusos. Nada nos impedia de ir tecendo o passado para que fizesse sentido. A luz do dia voltava na hora certa e se alguns bois morriam outros nasciam para tomar o seu lugar. Um dia a notícia rebentou como cabaça de leite azedo depois de muitos dias: acabou a guerra, há que descobrir a paz. A doença antiga dava mostras de ceder e as novas paixões encontraram tempo certo para se acender com brasas novas saídas do fogo antigo. Acendemos nossos fumos, vimos as mulheres com panos bem traçados e as crianças sorriram seus belos dentes de leite.

Em vão falaram alguns que era tempo agora de trabalhar para guardar o milho da espera nos silos e a massambala seca nos vasos. O virtuoso falou que quando a crise passa às vezes dá a volta e que devíamos cuidar do cuidado. Os cabritos continuaram a ser vendidos por quem não tinha cabras e a doença voltou. Chama-se crise e tem muitos caminhos que não conhecemos dos antigos, não foram amaciados pelos pés das mulheres, nem pelas corridas das crianças. Amargos, os frutos rebentarão nas nossas bocas, nós os que nunca quisemos a guerra, nem mais casas do que as precisas para as nossas mulheres. Os da figueira e da mulemba, os justos que nunca condenamos ninguém. E o pior é que a porta está aberta com os nossos filhos fechados lá dentro. Temos medo, estamos cansados mas ainda conhecemos a esperança.

Ana Paula Tavares

M como Mádia

"Os nossos segredos são para guardar/os dos outros para dizer em voz alta."

Provérbio Cabinda

Estava escrito na areia. Atravessava as vozes espessas dos mais velhos quando contavam a história nas palavras difíceis de uma língua da qual já tinham perdido a chave: era uma vez o mundo e todas as suas metades e o lugar subterrâneo das águas e a ponta do arco-íris esticada até ao outro lado da garganta da terra. O sol dissolvia-se numa manhã de cacimbo distante e fria como os olhos da velha serpente que mais do que uma vez e ao contrário do que estava dito voltava pelos mesmos trilhos aos sítios de onde tinha saído para renovar a pele sempre em busca de um maior veneno do sangue inicial que escorre do corpo como a pele da árvore sesse. Muitas serpentes ou a serpente das muitas e novas peles e da procura do homem revelado e que um dia tinha tocado a sua pele com a ponta da faca. Depois o escuro fundo a chegar com a tarde e com os muros nas folhas de prata das árvores.

Mádia e todos os seus irmãos de ninho e de rede cresciam nesse mundo oculto iluminados apenas pela ciência de se terem gerado a si próprios num centro que se perdia nas águas revoltas do lago. O escuro e sua floresta de símbolos protegiam de asas estes seres de nenhuma família filhos dos espíritos, nem bons nem maus: desconhecidos e marcados como seres da escrita e habitantes do mundo duplo da noite.

Havia naquela aldeia vários tipos de pessoas filhos da palavra e resgatados das trevas pelas mãos nuas dos antepassados seres diurnos e donos da linhagem, gente que falava por e para falar com medo de morrer pelo silêncio, vozes soltas como se o ponto de encontro de todas elas fosse uma nova criação do mundo. Para tudo era a fala para dizer do riso e da tempestade da travessia dos rios e das fronteiras, lugar e voz para sempre confundidos no ser em fala em que todos se tinham tornado. Depressa um sistema de troca, empréstimo, aluguer de voz tomou lugar e o diálogo ficou adiado para o dia longínquo da justiça e entendimento entre todos. "Falas com a minha voz para dizer o que não sabes" ou "quem sou eu agora que uso a voz dos outros para revelar as coisas mais escondidas" ou ainda "por que te aténs ao particular com voz de velho que deveria tocar o universo e a luz?" passaram a ser perguntas carregadas como cestos pesados dos frutos da palmeira. Era pacífica a passagem de uma língua a outra como se não houvesse fronteiras, ou laços ou limites para a troca, venda e empréstimo.

Um tempo passou e de repente quem falava mais alto espalhou o medo e as linguagens diferentes começaram a aproximar-se e a afinar por uma só música. O relevo de cada voz perdeu-se num contínuo de voz sumida a rodear a muralha e as torres da utopia. Mádia atravessou a noite e o escuro porque tinha nascido nela o desejo de ser mãe e fundadora da linhagem dos que não tinham linhagem. Veio com a máscara e as folhas da floresta e decidida a pôr uma reverberação na palavra à solta e a dar-lhe um novo sentido como a pele da serpente lhe dá uma nova vida quando trocada. Trocou caminhos, beijou primeiro a pedra e foi triste. Entregou o seu coração do escuro ao homem da aldeia com mais vozes mais palavras e mais mando. Perdeu a máscara e as folhas da floresta. Perdeu a sua língua antiga e complexa. Começou a falar por falar e para falar. Seguiu o pássaro-do-mel para denunciar os seus irmãos.

Máscara

Ela roubou-me a minha morte. A minha forma de morrer tinha acabado ali. Demorei anos a preparar com detalhe os tempos da minha morte. Tinha que ser em segredo, rápida e muito bela. Não havia lugar para a decadência, a despedida, a agonia e todos esses passos antigos que lembravam casas velhas e mulheres de roupas brancas nas mãos, água a ferver, sopa e chá. A minha morte tinha que ser cirúrgica, limpa e repentina, como nos filmes: um segundo, um segundo apenas para aqueles mil fotogramas, uma primeira dor, o corpo a cair e já está. A passagem serena, a cara igual, o corpo em vestido de festa, as flores amarelas e vivas de uma recente celebração. Tudo em movimento lento mas de um golpe só. Nada de agonias, dores, sentimentos de perda, despedidas tristes. Há longo tempo que o passado se organizava de modo a poder ser deixado limpo, sem esqueletos, sem súbitas e manchadas folhas murchas, bilhetes de cinema rasgados a comprovar as escapadelas, os modos de chorar em público sem ninguém dar conta. Primeiro tratei da máscara *phwo* e *persona*. Sofri as dores continuadas de a descolar do rosto, a angústia da lenta separação e a dificuldade da escolha do lugar para que restasse em paz sem atormentar mortos e vivos. Assegurei-me de que o terreno à volta produzia as primeiras plantas verdes e tímidas mas já capazes de se tornar, para sempre, o lugar da minha máscara, o seu lugar impossível de ser descoberto por outros dançarinos da vida, caras sem máscara incapazes do sorriso e dos sinais de pertença. À morte eu devia oferecer o rosto agreste lavrado pela vida, cheio de sinais e escarificações, lágrimas inscritas. Memórias do frio. Por essa altura percebi a noção de infinito, a diferença entre mim e o outro, a glória e o sacrifício da pertença ao grupo. Uma terra, um lugar, uma estranha sensação de família. Não percebia por que insistiam as pessoas em falar nos mistérios da morte quando os grandes jogos de morte sempre me pareceram o amor e a vida.

Deixei de beber vinho e perdi o encanto da cerimônia. Copos de vidro a tocar-se com leveza, mãos de carícia alongadas pelas garrafas encantadas.

A minha morte, a minha irremediável e preparada morte tinha acabado ali. Então arregacei as mangas: se era para viver que fosse tudo até ganhar da pele do elefante a rugosa dureza. Partia para a massa do pão de madrugada e ainda o rosa-azul da madrugada estava longe já meus pés compridos corriam pelo capim adentro em busca da água diária. Resolvidos três problemas – pão, água e fogo –, podia então afiar as facas e a catana da casa, não fossem outros espíritos para além dos conhecidos aventurar-se pela noite escura do eumbo. Era bonito aquele trabalho de reencontrar o fio perdido das facas passando-as com um só gesto pela pedra de afiar. E era preciso guardá-las depois, que as facas têm vida própria e saltam da bainha para se espetar na garganta da noite ou de alguém quando menos esperamos. Ainda era tempo de pisar os grãos no pilão e passar a farinha por todas as peneiras até que se tornasse de seda pura. Depois espreitar a terra, conhecer-lhe o cio pelo cheiro e amanhá-la de sementes à espera da chuva que havia de chegar.

Sem me dar conta juntei as vidas todas da cidade e da serra e fiquei antiga nas falas, no gosto dos provérbios, nos gestos raros e lentos. O bailarino da minha antiga máscara ainda aparece em dias alternados, mas o brilho das facas depressa o afasta.

Glossário

cacimbo (do kimbundu): estação fria e sem chuva; nevoeiro; neblina.
casaco de caraculo: casaco feito de lã de uma determinada raça de carneiro.
chana: planície com gramíneas.

efiko (efico/efiku): mulher jovem antes do casamento; cerimônia ligada aos ritos de passagem das raparigas.
eumbo: aldeia entre os pastores; local de habitação: casas, gado, pequenas plantações.

funje: mistura de água e farinha de milho e ou mandioca que acompanha o resto da comida.

jango (umbumdu) ou **ciota** (cokwe): lugar de convívio, troca de ideias e resolução de problemas. Localizado no centro da aldeia, é o espaço privilegiado do culto e troca da palavra. Dizem os mais velhos: *É no jango que se aprende a ser prudente no falar, porque nem tudo o que se diz lá dentro pode ser "publicado" fora.*

kalunga: mar; em certas línguas pode equivaler a morte.
kapa: letra k do alfabeto.

lombi: pequeno legume cujas folhas são usadas na culinária.

marufo: trabalhar.
massambala: cereal (*Andropogon sorghum*); usado na culinária e para fabricar bebidas fermentadas.

mateba: planta arbustiva de cujos ramos se fabricam vassouras.
Minkisi (pl. de Nkisi): espírito.
misoso: conto; fórmula da arte de contar.
Mukanda: carta; escola da Mukanda (lugar de iniciação dos rapazes entre os Tucokwe.
mulemba: árvore (*Ficus thonningii*), também conhecida por figueira africana; ligada a várias representações do poder.
mutala: local de espera para a caça.

Nehepo e Sihepo: gêmeos nascidos depois da morte do pai; "filhos da miséria", para os Kuanyama.

pemba: giz branco usado para proteção; praga.
phwo: moça; rapariga.

salalé: cupim (inseto); térmite; formiga branca.
Suku: Deus.

takula: nome da árvore *Pterocarpus Tintorius Wel*; nome do cosmético feito do pó vermelho misturado com gordura.
torre kapoci: o equivalente a "Torre de Babel" entre os tucokwe.

xifuta (chifuta): estilingue; fisga.

A autora

A poeta, cronista, historiadora e professora **ANA PAULA TAVARES** nasceu na cidade de Lubango, província de Huíla, Angola, em 1952.

É Doutora em Antropologia da História pela Universidade Nova de Lisboa (2010), Mestre em Literatura Brasileira e Literaturas Africanas de Língua Portuguesa (1996) e Bacharel e Licenciada em História (1982), pela Universidade de Lisboa.

É professora convidada na Universidade de Lisboa, Portugal, e na Universidade Agostinho Neto, em Luanda, Angola.

Dedica sua atenção às áreas da cultura, museologia, arqueologia e etnologia, patrimônio e ensino, colaborando com várias instituições como o CLEPUL (Centro de Literaturas e Culturas Lusófonas e Europeias) da Faculdade de Letras da Universidade de Lisboa, e o AHNA (Arquivo Histórico Nacional de Angola).

Ana Paula diz ter sido influenciada por escritores brasileiros como Manuel Bandeira, Jorge Amado, Carlos Drummond de Andrade e João Cabral de Melo Neto, e também pela música brasileira.

É autora de textos científicos em periódicos especializados, de poesia dispersa em antologias da Galícia, Itália, França e em Portugal, e de vasta obra literária em prosa e poesia.

Obra literária

1995 – *Ritos de passagem*. Luanda: UEA.

1998 – *O sangue da buganvília*. Praia: Centro Cultural Português – Embaixada de Portugal.

1999 – *O lago da lua*. Lisboa: Caminho.

2000-2004 – Colaboração com o Jornal *Público* com uma crônica mensal.

2001 – *Dizes-me coisas amargas como os frutos*. Lisboa: Caminho.

2003 – *Ex-votos*. Lisboa: Caminho.

2004 – *A cabeça de Salomé*: Lisboa: Caminho.

2005 – *Os olhos do homem que chorava no Rio*. Em parceria com Jorge Marmelo. Lisboa: Caminho.

2007 – *Manual para amantes desesperados*. Lisboa: Caminho, 2007.

2009 – *Contos de vampiros*. Porto: Porto Editora. (Em antologia)

2010 – *Como veias finas na terra*. Lisboa: Caminho.

2016 – *Verbetes para um dicionário afetivo*. Lisboa: Caminho. (Em antologia)

2019 – *Um rio preso nas mãos, crônicas*. São Paulo: Kapulana [Vozes da África].

Prêmios

2004 – Prémio Mário António da Fundação Calouste Gulbenkian, pelo livro *Dizes-me coisas amargas como os frutos*. Lisboa: Caminho, 2001.

2007 – Prémio Nacional de Cultura e Artes, secção de Literatura, Angola, pelo livro *Manual para amantes desesperados*. Lisboa: Caminho, 2007.

fontes	Gandhi Serif (Librerias Gandhi)
	Montserrat (Julieta Ulanovsky)
papel	Pólen Soft 80 g/m²
impressão	BMF Gráfica